村上春樹

神的孩子都在跳舞

神の子どもたちはみな踊る

賴明珠——譯

神的孩子都在跳舞——目錄

「麗莎，昨天到底發生了什麼事？」

「發生的事已經發生了。」

「那太過分，太殘酷了！」

——杜斯妥也夫斯基《惡靈》（江川卓 譯）

〈廣播新聞〉美軍戰死者眾多，越共方面也戰死一一五人。

女：「沒名沒姓的還真可怕啊。」

男：「妳說什麼？」

女：「只說游擊隊戰死一一五名，什麼也不清楚。關於每一個人的情形什麼都不知道。有沒有太太小孩？喜歡戲劇還是更喜歡電影？完全不知道。只說戰死了一一五人而已。」

——尚．魯克．高達《瘋狂小丑》

UFO降落在釧路

五天之間，她所有的時間都在電視機前度過。只一直默默瞪著銀行和醫院的大樓倒塌，商店街被火燃燒，鐵路和高速公路被切斷的景象。她深深深埋進沙發裡，緊緊閉著嘴，小村跟她說話也不回答。連搖頭、點頭都沒有。自己的聲音到底有沒有傳到對方的耳朵裡，小村也不清楚。

妻子在山形縣出生，就小村所知，她在神戶近郊並沒有任何親戚或朋友。即使這樣她還是從早到晚沒有離開電視機前面。至少在他看來，她既沒吃東西，也沒喝東西。連廁所都沒去。除了偶爾用遙控器切換電視頻道之外，身體動也不動一下。

小村自己烤麵包，泡咖啡，出門去上班。下班回來時，妻子還是維持跟早上同樣的姿勢，坐在電視機前面。沒辦法只好用冰箱裡有的東西做了簡單的晚餐一個人吃。他去睡覺時，她還在盯著深夜新聞報導的畫面。沉默的石牆圍繞著四周。小村已經放棄，連開口都免了。

五天後的星期天，他依照平常時間下班回家時，妻子卻失去了蹤影。

小村在秋葉原專門賣音響器材的一家老舖從事業務工作。他所經手的是「high-end」最高級品，除了底薪之外賣出商品時還可以另外加算佣金。顧客以醫師、富裕的自營業者、地方上的有錢人為主。這工作繼續了將近八年，收入始終不錯。經濟呈現景氣，土地價格上漲，全日本金錢氾濫。人人錢包裡都塞滿大把萬圓鈔票，大家好像都在猛花錢。商品從最貴的順序賣下去。

身材修長，穿著講究，待人得體的小村，單身時交過很多女朋友。但二十六歲結婚之後，對性冒險的慾望，卻出奇乾脆地消失了。結婚後五年以來，他沒有跟妻子以外的女人睡過。並不是沒有機會。可是他對輕率交往的男女關係可以說已經完全失去興趣。反而想早點回家，跟妻子兩個人慢慢吃晚餐，坐在沙發上聊聊天，然後上床睡覺。這才是他所要的。

小村結婚時，朋友和公司同事雖然多少有差別，但都覺得奇怪。因為小村長得端正清爽，跟他比起來，他妻子的容貌卻平凡無奇。不只容貌而已，性格也談不上特別有魅力。話不多，總是一副好像不太高興的臉色。個子矮小，手臂粗，看來有點鈍重的感覺。

但小村——自己也不知道正確原因是什麼——覺得在一個屋簷下跟妻子兩個人在一起時，好像肩上的力氣可以放鬆，心情可以很輕鬆。夜裡可以安詳地享受睡眠。不再像以前那樣會被奇怪的夢擾亂睡眠。勃起堅硬，性交親密。也不再想到死、性病和宇宙之大了。

不過妻子這邊，卻討厭東京狹小苦悶的都會生活，想回故鄉的山形去。經常懷念家鄉的雙親和兩個姊姊，那種思鄉情況嚴重時就一個人回娘家去。娘家經營旅館經濟富裕，父親又溺愛這么女，因此樂於幫她付來回旅費。小村下班回家看不到妻子，只看到廚房桌上留下字條說要回娘家住一陣子，過去也發生過幾次。那種時候小村也沒有一句怨言。只默默等她回來。過一星期或十天左右，妻子就會回心轉意自己回來。

但地震五天後她離家時，所留下的信上卻寫著「不打算回來了」。上面簡潔而明確地記下為什麼她不想跟小村一起生活的理由。

問題是，你無法給我任何東西，妻子寫道。說得更明白一點，就是你的內在沒有任何一件可以給我的東西。雖然你很親切、溫柔又英俊，但跟你一起生活，就像跟一團空氣住在一起一樣。不過當然那不是你一個人的責任。我想一定有很多女人喜歡你。也請你不要打電話來。我留下的東西請幫我全部處理掉。

話雖這麼說，但她幾乎沒留下任何東西。她的衣服、鞋子、傘、咖啡杯、吹風機，全都不見了。大概趁小村上班後，託快遞公司之類的全部整理搬走了。「她的東西」留下的只有購物用的腳踏車和幾本書而已。CD架上披頭四和Bill Evans的東西全都不見了，那是小村單身時代收藏的。

他第二天試著打電話到山形縣的妻子娘家看看。她母親來接，說我女兒不想跟你講話。母親對他有些抱歉的說。說過幾天會寄文件過去，請盡快蓋章寄回來。

雖然說盡快，但事關重大，請讓我稍微考慮一下，小村說。

「不過，你怎麼考慮，我想也不會改變的。」母親說。

大概吧。小村也這樣想。再怎麼等，再怎麼考慮，事情已經回不來了。他很清楚。

在離婚協議書上蓋過章寄回去後不久，小村請了一星期的帶薪休假。上司已經知道大概情形，二月反正也是比較清閒的時期，所以沒囉唆一句就准假了。他好像想說什麼，卻沒說出口。

「小村兄，聽說你請了假，想做什麼嗎？」同事佐佐木中午休息時間走過來問他。

「不知道，做什麼好呢。」

佐佐木比小村年輕三歲左右，還單身。小個子，短頭髮，戴著金邊圓形眼鏡。話很多，有固執己見的強硬地方，很多人討厭他，不過他跟個性還算穩重的小村倒處得不錯。

「既然這樣，就悠閒地去旅行一下不好嗎？」

「嗯。」小村說。

佐佐木用手帕擦擦眼鏡的鏡片，然後看了看小村的臉，好像在察言觀色似的。

「小村兄去過北海道嗎？」

「沒有。」小村回答。

「想不想去？」

「為什麼？」

佐佐木瞇細了眼睛乾咳一下。「老實說，我有一個小包裹想送到釧路去，如果小村兄能幫我帶去的話就好了。這樣我會感謝你，樂意幫你付來回機票錢。小村兄到那邊住的地方，我也會幫你安排好。」

「小包裹？」

「差不多這樣。」佐佐木說著，用雙手的手指比出十公分立方體。「不重。」

「跟工作有關的東西嗎？」

佐佐木搖搖頭。「這跟工作毫無關係。百分之百是私人的東西。只是被粗手粗腳亂置就傷腦筋，所以不想用郵寄或託快遞送，盡可能想託熟人親手帶。本來如果我自己能帶是最好的，可是實在找不出時間去北海道。」

「很重要的東西嗎？」

佐佐木緊閉的嘴唇輕輕撇一下，然後點點頭。「不過不是會破的東西、或危險物品之類的，所以不必緊張。只要照一般方式帶就行了。在機場X光檢查也沒問題。不會給你帶來麻煩。不想用郵寄，說起來只是心情上的關係。」

二月的北海道一定冷得不得了。不過冷或熱，對小村來說都無所謂。

「那麼東西要交給誰呢？」

「我妹妹住在那邊。」

對於度假的方式小村還完全沒去想過，現在開始計畫也嫌麻煩，於是接受了他的提議。沒有任何不想去北海道的理由。佐佐木當場打電話到航空公司，預訂了往釧路的機票。是兩天後下午的班機。

第二天在辦公室，佐佐木交給小村一個用茶色包裝紙包好的小箱。用手摸起來，箱子可能是木箱。正如他說的幾乎沒什麼重量。包裝紙上用寬幅透明膠帶一圈圈纏著。小村拿在手上，看了一下。試著輕輕搖一搖，但沒什麼反應，也沒聲音。

「我妹妹會到機場接你，小村兄住的地方也會先安排好。」佐佐木說。「只要把箱子拿在手上讓她認，你站在出口就行了。不用擔心。因為不是多大的機場。」

臨出門時，他把受託的箱子用預備換穿的厚襯衫捲起來，放進旅行袋正中央。飛機比他所預料的擁擠多了。這麼多人在嚴冬裡從東京到釧路，到底去幹什麼？小村真不明白。

報紙依然被地震的報導所填滿。他坐在座位上，把早報從頭到尾讀遍。死亡人數還在繼續增加中。很多地區依然停水斷電，人們失去安身的住家。悲慘的事實一一被確定證實。但在小村眼裡看來，那些細節卻顯得出奇的平板，沒有深度。一切聲響都遙遠而單調。他多少還能正常思考的，只有逐漸遠離他而去的妻子而已。

他眼光機械性地追逐著地震的報導，不時想起妻子的事，又再繼續讀報導。想妻子，和追逐文字都感到疲倦之後，他閉上眼睛落入短暫的睡眠。醒過來後又想妻子的事。她為什麼那麼認真，從早到晚，廢寢忘食地盯著電視的地震報導呢？她在那裡面到底看到了什麼？

穿著同樣款式和顏色大衣的兩個年輕女孩子，在機場向小村開口招呼。一個膚色白皙，身高接近一七〇公分，短頭髮。從鼻子到翹起的上唇之間，令人聯想到短毛有蹄類，似乎有點長了些。另外一個身高一五五公分左右，除了鼻子過小之外，容貌還不錯的女孩。頭髮筆直，長度及肩。露出耳朵，右耳垂有兩顆痣。因為戴了耳環，痣反而更顯眼。兩個人看起來都二十五歲左右。她們兩人帶小村到機場裡的咖啡店去。

「我叫佐佐木惠子。」高個子的說。「謝謝你經常照顧我哥哥。這位是我朋友島尾小姐。」

「妳好。」小村說。

「你好。」島尾小姐說。

「聽我哥說你太太最近剛剛過世。」佐佐木惠子臉色怪怪地說。

「不，並不是死了。」小村停頓一下然後更正。

「可是我哥前天在電話上明明這樣說的。他說小村先生才剛剛死了太太。」

「不，只是離婚而已。就我所知她還活得好好的。」

「好奇怪。這麼重要的事應該不會聽錯才對。」

她因為搞錯，臉上露出像自己反而受傷了似的表情。小村在咖啡裡只放一點點糖，用湯匙安靜地攪拌著。然後喝一口。咖啡很淡，沒什麼味道。咖啡不是以實體，而是以記號存在那裡。我到底在這地方幹什麼？小村自己都覺得不可思議。

「不過一定是聽錯了。除此之外也想不到其他可能。」佐佐木惠子心情好像恢復過來似的說。並深深吸一口氣，輕輕咬著嘴唇。「對不起噢，我說了非常失禮的話。」

「哪裡，沒關係。情況也差不多。」

兩個人在談話時，島尾小姐面帶微笑，默默看著小村的臉。似乎對小村懷有好感。從她臉上的表情和一點小動作，小村可以明白這點。三個人之間暫時落入沉默。

「總之，先把重要東西交給妳。」小村說。他拉開旅行袋的拉鍊，從滑雪用厚襯衫之間取出託付的小包。這麼說來，我應該把這包裹拿在手上才對的，小村想起來。這是要讓對方辨認的記號。這兩個女人怎麼認出我的？

佐佐木惠子伸出雙手接過桌上的包裹，面無表情地盯著看了一會兒。然後確認重量，就像小村做的那樣，在耳朵邊輕輕搖了幾次。像要表示沒問題似的對小村笑笑，把箱子收進大型肩袋裡。

「我必須去打一通電話，可以告退一下嗎？」惠子說。

「當然，請便。」小村說。

惠子肩上背著肩袋，往遠處的電話亭走去。小村眼光追逐那背影一陣子。上半身固定，光腰以下像機器般圓滑地大幅搖動著。看著她那樣的走路方式，好像過去的某種光景突然唐突地胡亂插入似的，感覺怪怪的。

「你以前來過北海道嗎？」島尾小姐問。

小村搖搖頭。

「因為很遠嘛——？」

小村點點頭。然後望一望周圍。「不過坐在這裡，好像不太覺得已經來到很遠的地方了。好奇怪噢。」

「因為搭飛機的關係，速度太快了。」島尾小姐說。「身體雖然移動了，意識卻還沒配合著跟上來。」

「也許是。」

「小村先生，你想到很遠的地方來是嗎？」

「大概是。」

「因為太太不在了？」

小村點點頭。

「不過不管到多遠的地方，都無法逃開自己。」島尾小姐說。

望著桌上的砂糖壺發呆的小村，抬起頭來看女人的臉。

「是啊，妳說的沒錯。不管去到哪裡，都無法逃開自己。就像影子一樣。一直跟著來。」

「你一定很喜歡你太太對嗎？」

小村避開回答。「妳是佐佐木惠子的朋友嗎？」

「是啊，我們是夥伴。」

「什麼樣的夥伴？」

「你肚子餓了嗎？」島尾沒有回答問題，卻提出別的問題來。

「怎麼說呢。」小村說。「覺得好像餓了，又好像不餓。」

「我們三個人去吃一點熱東西吧，吃一點熱東西感覺會比較舒服。」

島尾小姐開車。車子是四輪驅動的小型速霸陸。以老爺車的程度來看，跑的里程應該已經超過二十萬公里了。後方保險桿凹進去一大片。佐佐木惠子坐在副駕駛座，小村坐在狹小的後座。開車技術並不差，但後座雜音很嚴重，避震系統已經相當弱了。自動換檔的衝擊很猛，空調效果不佳。一閉上眼睛，就會產生好像被放進全自動洗衣機裡似的錯覺。

釧路街上的雪並沒有積高。道路兩旁被濺髒又結凍的舊雪，像失去用途的語言般，雜亂地散積著而已。雲層低垂，離日落還有一些時間，但周遭已經完全暗下來。風割裂黑暗，發出尖銳的聲音。路上幾乎看不見行人。風景怪荒涼的，連紅綠燈看來都似乎凍成冰了似的。

「在北海道，這裡還算是不太積雪的地方呢。」佐佐木惠子轉向後面大聲說明。「因為是沿海地區，風很強，所以就算稍微積高了也會立刻被吹散。不過寒冷可是真寒冷噢。冷得耳朵都要凍掉了。」

「經常有喝醉酒在路上睡著而凍死的人。」島尾說。

「這一帶有熊出現嗎？」小村問。

惠子看著島尾笑起來。「嘿，他說有沒有熊。」

島尾也同樣吃吃地偷笑起來。

「我不太清楚北海道的事。」小村好像在解釋似地說。

「關於熊有一件很有趣的事。」惠子說。「對不對？」她向島尾說。

「非常有趣的事。」島尾也說。

但談話卻在這裡中斷，從此不再提熊。小村也不便再問。終於到達目的地。是街邊的一家大拉麵店。車子停進停車場，三個人走進店裡。小村喝了啤酒，吃了熱熱的拉麵。店裡髒髒的，好空曠，桌子椅子都搖搖晃晃，不過拉麵卻非常美味，吃完時確實覺得心情稍微鎮定下來。

「小村先生，有沒有想在北海道做什麼事？」佐佐木惠子問。「我只聽說你要在這裡待一星期左右。」

小村想了一下，但想不到要做什麼。

「泡溫泉怎麼樣？想不想泡泡溫泉放鬆一下？這附近倒有一家小巧雅致鄉村風味的溫泉。」

「這也不錯。」小村說。

「我想你一定會喜歡。是個好地方噢，也不會有熊出來。」

兩個人面面相覷，又再奇怪地笑著。

「嘿，小村先生，可以問你太太的事嗎？」惠子說。

「可以呀。」

「你太太是什麼時候離家的？」

「地震的五天後，所以已經兩星期多了。」

「跟地震有什麼關係嗎？」

小村搖搖頭。「我想大概沒有。」

「可是，這種事情，說不定在某方面有關聯呢。」島尾一面輕輕偏著頭一面說。

「只是你不知道而已。」惠子說。

「這種事有可能噢。」島尾說。

「妳說這種事，是指什麼樣的事？」小村問。

「也就是說。」惠子說。「我的朋友裡，就有一個這樣的人。」

「妳是指佐伯嗎？」島尾問。

「對。」惠子說。「有一個姓佐伯的朋友。住在釧路，四十歲左右，是個美容師。他太太去年秋天看見ＵＦＯ。半夜裡在郊外一個人開著車時，看見一個很大的ＵＦＯ降落到原野正中央。咚一下。就像《第三類接觸》的電影一樣。在那一星期後她就離家出走了。家庭並沒有什麼問題之類的，可是她就那樣消失了，從此沒有回來。」

「從此就沒消息了。」島尾說。

「原因是ＵＦＯ嗎？」小村問。

「原因不清楚。不過有一天，也沒留下字條，就丟下兩個上小學的孩子不知道去哪裡了。」惠子說。「據說離家出走前的一星期之間，看到誰都只提ＵＦＯ的事。幾乎不休息地到處說。那有多大啦，有多漂亮啦，之類的。」

兩個人等這段話滲進小村腦子裡。

「我這邊是有留言。」小村說。「沒有小孩。」

「那麼還比佐伯先生那邊好一點。」惠子說。

「因為小孩很重要啊。」島尾說著，點點頭。

「島尾的爸爸是在她七歲的時候離家出走的。」惠子皺著眉說明。

「跟她媽媽的妹妹私奔了。」

「有一天突然發生。」島尾笑咪咪地說著。

沉默降臨。

「佐伯先生的太太說不定不是離家出走，而是被外星人帶走了呢。」

小村好像在打圓場似說。

「有這個可能性噢。」島尾一本正經地說。「我常常聽到這種事情。」

「或者走在路上，被熊吃掉了。」惠子說。兩個人又笑了。

走出麵店，三個人到附近的賓館去。在近郊，有一條由打造墓碑的石材店和賓館交互成排的路，島尾把車子開進其中的一家去。是一棟模仿西洋城堡造型的奇特建築物。屋頂掛著三角形紅旗子。

惠子在櫃檯領了鑰匙，三個人搭電梯到房間。窗戶小小的，床卻大得莫名其妙。小村脫下外套掛在衣架上，上廁所之間，兩個人已經手法俐落地放了洗澡水，調節好照明的光度，檢查過空調暖氣，打開電視開關，討論點送房間的菜單，試過枕邊床頭櫃的電器開關，檢查了冰箱裡的東西。

「這是我朋友開的飯店。」佐佐木惠子說。「所以幫我們留了最大的房間。雖然就像你所看到的是一家賓館，不過請不要介意。嘿，你不介意吧？」

不介意，小村說。

「我想與其去住又小又窮酸的站前商務飯店，不如住這邊要來得聰明多了。」

「也許是這樣。」

「洗澡水快放滿了，你要不要去泡個澡。」

小村於是依她們說的去泡澡。浴缸寬大得出奇，一個人泡都會覺得不安的程度。到這裡來的人大概都是兩個人一起泡的。

從浴室出來時，佐佐木惠子已經不見蹤影。島尾一個人在一面喝啤酒一面看電視。

「惠子已經回去了。她有事先告辭。說明天早晨會來接你。嘿，我可以留在這裡一下喝個啤酒嗎？」

可以呀，小村說。

「會不會給你添麻煩？也許你想一個人靜一靜。或者跟別人在一起覺得不自在。」

不麻煩，小村說。他喝著啤酒，一面用毛巾擦頭髮，一面跟島尾一起看了一會兒電視節目。新聞報導的地震特輯。每次的映像又再重複播出。倒塌的建築物、崩垮的道路、流淚的老女人、混亂和無處發洩的憤怒。到了廣告時段，她用遙控器關掉電視。

「我們難得認識，兩個人來談一點什麼吧。」

「好啊。」

「談什麼好呢？」

「在車上妳們兩個人談到熊噢。」小村說。「關於熊的有趣事情。」

「嗯，熊的事。」她點點頭說。

「可以告訴我那是什麼樣的事嗎？」

「可以呀。」

島尾從冰箱拿出新的啤酒，注入兩個人的玻璃杯。

「有點色，我講這種事，小村先生會不會討厭？」

小村搖搖頭。

「因為有時候有些男人不喜歡這種話題。」

「我不會。」

「這是我自己的經驗談。所以嘛，真有一點不好意思。」

「如果妳肯說的話，我倒想聽一聽。」

「好啊。只要你不討厭。」

「我沒關係。」

「大概三年前，我剛剛進短期大學時交了一個男朋友。他是比我高一年的大學生。我第一個ＳＥＸ的對象。我跟他一起去爬山。一座很北方的山。」

島尾喝了一口啤酒。

「那時候是秋天，山上有熊會出來。秋天的熊為了準備冬眠正在蒐集食物，所以相當危險。有時候會襲擊人。那時候，在我們登山的三天前也有一個登山客被襲擊傷得很嚴重。所以當地人給了我們一個鈴子。一個風鈴般大的鈴子。叫我們一面叮鈴叮鈴地搖著發出聲音一面走。這樣熊就知道有人來了，不會出來。熊並不是要襲擊人而襲擊的噢。熊雖然是雜食性的，但基本上是以草食為主的動物，幾乎沒有必要襲擊人。只是在自己的領域裡突然碰見人，嚇一跳或生氣了，才反射性地攻擊人。

所以只要叮鈴叮鈴地發出聲音走動的話，對方自然就會避開。你懂嗎？」

「我懂。」

「於是我們兩個就叮鈴叮鈴地走在山路上。然後，在沒有任何人的地方，他突然提出想做那個。嗯，我也不討厭，就說好啊。於是我們離開路邊，走進人家看不見的樹叢裡。鋪了一塊塑膠布。可是我好怕熊。因為如果正在做愛中，被熊從後面襲擊而死的話實在受不了吧？我才不要那樣的死法。你不覺得嗎？」

小村同意。

「所以我們就一手拿著鈴，一面搖著一面做愛。從頭到尾一直搖。叮鈴叮鈴的。」

「是誰搖的？」

「輪流交換搖。手累了就換人，再累了又換人。非常奇怪。一面搖著鈴一面做愛。」島尾說。「現在有時候正在做愛時，一想起那時候的事，還會忍不住笑出來。」

小村也略微笑一下。

島尾拍了幾下手。「啊，太好了。小村先生也會笑嘛。」

「當然。」小村說。不過試想一想，倒是很久沒有笑了。上次笑是什麼時候？

「嘿，我也去洗個澡方便嗎？」

「好啊。」

她在洗澡時，小村則在看大嗓門喜劇演員所主持的綜藝節目。一點都不有趣，不過小村無法判斷那是因為節目的關係，還是自己的關係。他喝了啤酒，打開冰箱裡的核果袋來吃。島尾花了相當長的時間在浴室裡，終於只纏著一條浴巾到胸部的模樣就走出浴室來，坐在床上。拿下浴巾，就像貓似的滑溜溜地鑽進棉被裡。然後筆直地盯著小村的臉。

「嘿，小村兄，你最後一次跟太太親熱是什麼時候？」

「我想是去年的十二月底。」

「然後就沒做過嗎？」

「沒有。」

「跟別人也沒有？」

小村閉起眼睛點頭。

「我覺得，現在的小村兄需要的是，把心情乾乾淨淨地轉換掉，去好好享受更坦然的人生。」島尾說。「因為不是嗎？明天說不定會發生地震。說不定會被外星人帶走。或會被熊吃掉也不一定。會發生什麼事，誰也不知道啊。」

「誰也不知道。」小村重複這句話。

「叮鈴叮鈴。」島尾說。

試過幾次結合，怎麼都不順利之後，小村放棄了。這對小村來說還是第一次發生。

「你剛才是不是在想你太太？」島尾問。

「嗯。」小村說。不過老實說，小村腦子裡浮現的是地震的光景。就像幻燈片的放映會般，一張浮上來，一張消下去。一張浮上來，一張消下去。高速公路、火焰、濃煙、堆積如山的瓦礫、道路的裂痕。他無論如何都沒辦法切斷那無聲映像的連續。

島尾把耳朵貼在小村赤裸的胸前。

「這種事情是會有的。」她說。

「嗯。」

「我想你不要介意比較好。」

「我會試著不介意。」小村說。

「雖然這麼說，但還是會介意噢。你們男人。」

小村沉默不語。

島尾輕輕捏著小村的乳頭。「嘿，你說過你太太有留言對嗎？」
「說過。」
「那留言寫了什麼呢？」
「寫說跟我生活，好像跟一團空氣生活似的。」
「一團空氣？」島尾歪著頭，仰望小村的臉。「這是什麼意思呢？」
「我想是說沒有內容的意思。」
「小村兄，沒有內容嗎？」
「也許沒有。不過我也不太清楚。就算被說成沒有內容，但到底什麼是內容呢？」
「對呀。這麼說來，所謂內容到底是什麼呢？」島尾說。「我母親最喜歡鮭魚皮的部分，常常說如果鮭魚長成光有皮該多好。所以或許也有沒有內容比較好的情況。對嗎？」
小村試著想像看看，長成光有皮的鮭魚。不過假定有長成光有皮的鮭魚，那麼那鮭魚的內容豈不就是皮本身了嗎？小村深呼吸時，女人的頭就跟著大幅抬高、又沉下。

「嘿，我不太清楚有沒有內容，不過我覺得小村兄很帥喲。我想這個世界上有很多女人會好好理解而且喜歡你的。」

「這點也寫到了。」

「你太太的留言裡嗎？」

「對。」

「哦。」島尾似乎很無趣地說。然後又把耳朵貼在小村胸前。可以感覺到那耳環像祕密的異物般。

「對了，我帶來的那個箱子。」小村說。「內容到底是什麼呢？」

「你很在意嗎？」

「到目前為止倒不在意。可是現在不知道為什麼卻奇怪地在意起來了。」

「從什麼時候開始？」

「從剛剛才開始。」

「忽然間？」

「忽然想到。」

「為什麼會這樣忽然間開始在意起來呢？」

小村盯著天花板試著稍微思考一下。「為什麼噢？」

兩個人有一會兒之間，側耳傾聽著風的呼嘯聲。風從小村所不知道的地方吹來，又往小村所不知道的地方吹去。

「那是因為。」島尾以輕輕的聲音說。「小村兄的內容，裝在那箱子裡面哪。小村兄不知道這個，卻把它帶到這裡來，自己親手交給了佐佐木惠子啊。所以小村兄的內容已經不會回來了。」

小村挺身坐起來，俯視女人的臉。小小的鼻子，和耳朵的痣。在深深的沉默中，心臟發出巨大而乾乾的聲音。彎身時，骨頭就響。雖然只是一瞬之間，小村竟發現自己正處在壓倒性暴力的分界點上。

「開玩笑的。」島尾看了小村的臉色說。「我想到就脫口說出來而已。真是很糟糕的玩笑。對不起。你別介意。我無意傷害你。」

小村讓情緒鎮定下來，看看房間一圈，然後再度把頭枕到枕頭上。閉起眼睛，深深呼吸。床的寬大就像夜裡的海洋般圍在他周圍。聽得見冰凍的風聲。心臟的激烈鼓動搖晃著骨頭。

「嘿，怎麼樣，有沒有稍許湧出一點來到遠方的真實感哪？」

「覺得好像來到好遠好遠了。」小村老實說。

島尾在小村胸上，用手指像在畫什麼符咒似的，畫著複雜的花紋。

「不過，才剛剛開始噢。」她說。

有熨斗的風景

電話鈴響時是半夜十二點前。順子正在看電視。啟介在房間的一個角落戴著耳機，半閉著眼睛，一面左右搖頭，一面彈著電吉他。好像在練習快速經過句的樣子，修長的手指在六根弦上迅速地來回移動。完全沒聽到電話鈴聲。順子拿起聽筒。

「已經睡覺了嗎？」三宅先生以平常習慣的輕聲細語說。

「沒問題，還沒睡。」順子回答。

「我現在在海邊，有很多漂流木咧。可以燒很旺的火噢。妳可以出來嗎？」

「好啊。」順子說。「我現在換衣服，十分鐘後就去。」

順子穿上緊身褲，上面再穿牛仔褲，套上高領毛衣，把香菸塞進毛大衣口袋裡。還有錢包、火柴和鑰匙環。然後輕輕踢一下啟介的背。啟介連忙摘下耳機。

「我現在要去海邊燒營火噢。」

「又是那個三宅老頭子啊。」啟介皺皺眉說。「開什麼玩笑。現在是二月耶。而且已經半夜十二點了。妳說現在要去海邊燒營火啊？」

「所以你不用去呀。我一個人去就行了。」

啟介嘆一口氣。「我也去。我要去喲。馬上準備，妳等一下噢。」

他把音響主機關掉，在睡衣褲上加穿長褲，套頭毛衣，外套拉鍊一直拉到脖子上。順子在脖子上圍了圍巾，戴上毛線帽。

「真是的，這麼起勁。燒漂流木有什麼好玩的？」啟介一面走在往海邊的路上一面說。雖然是寒冷的夜裡但沒有風。一開口，呼出去的氣就凍成語言的形狀。

「Pearl Jam有什麼好玩？只不過吵死人而已。」順子回他一句。

「Pearl Jam迷全世界有一千萬人呢。」

「燒營火迷全世界五萬年前就已經有了。」

「嗯，倒也可以這麼說。」啟介承認。

「Pearl Jam消失後，營火還留著。」

「也可以這麼說。」啟介右手從口袋裡伸出來，摟著順子的肩。「可是噢，順子，問題是五萬年前的事也好，五萬年後的事也好，跟我都完全沒關係。完全。重要的是，現在呀。誰知道世界末日什麼時候會來。能想那麼遠嗎？重要的是，現在此時此刻可以好好填飽肚子，雞雞可以好好挺起來。對嗎？」

走上階梯站到堤防上時，就看見三宅先生的身影在每次那個老地方。他把被沖上沙灘的各種形狀的漂流木集中在一個地方，很用心地堆起來。其中還混有一根粗大的原木。要拖到這地方來一定費了一番工夫。

月光將海岸線變成磨亮的刀子。冬天的海浪一反常態靜靜地洗著沙子。沒有其他人影。

「怎麼樣啊，我撿了不少吧？」三宅先生也同樣一面吐著白氣一面說。

「好厲害。」順子說。

「偶爾也會有這款事情啦。上次不是有一天海浪很大嗎？最近聽海鳴大概就知道啦。就是說今天會流來很多很好的營火漂流木哇。」

「不用說明了。趕快燒起來暖身體吧。這麼冷連睪丸都要縮小了。」一面猛搓著雙手啟介一面說。

「好啦好啦等一下。這東西順序很重要。起先要確實擬好計畫，等沒問題了以後，才可以慢慢地點火。慌慌張張地弄不會順利。急性子的乞丐討到的錢少。」

「性急的馬殺雞女郎加點時間少。」啟介說。

「你呀，年紀輕輕的，別講這種無聊笑話。」三宅先生搖搖頭說。

粗大的和零星小木片巧妙地組合起來，堆積成前衛藝術作品般。三宅退後幾步仔細檢點那形狀，調整一下配置，又轉到對面那邊去眺望——像每次一樣重複好幾次這種動作。光看著木頭的組合，他腦子裡就能浮現火焰燃起來模樣的映像。就像雕刻家看著石塊素材，在腦子裡想像隱藏其中的物體姿態一樣。

花時間完成可以認可的配置之後，三宅先生好像在說「很好很好」似的自己一個人點點頭。然後把準備好的報紙，揉成一團塞進最底下，用塑膠打火機點上火。順子從口袋拿出香菸來銜在嘴上，擦火柴。然後瞇細了眼睛，望著三宅先生弓起的背，和開始有幾分禿的後腦袋。這是最令人屏息的瞬間。能順利點起來嗎？火焰能不能燃燒得很旺？

三個人無言地注視著漂流木的小山。報紙旺盛地燃燒起來，頻頻在火焰中搖晃著身子，終於變成小小一團而逐漸消失。然後有一段時間什麼也沒反應。一定不行了，順子想。也許木頭比看起來濕。

正放棄期待時，一縷白煙化成狼煙忽然冒出來。因為沒有風，煙沒有被吹斷就像一條繩子般升上空中。火在某個地方點著了。但還看不見火本身。

誰也沒說一句話。連啟介都緊閉著嘴。啟介雙手插在外套口袋裡，三宅先生彎身蹲在沙上，順子雙手交叉胸前，偶爾想起來似的吸一口煙。

順子就像平常那樣想起傑克・倫敦的〈生火〉。在阿拉斯加偏遠深處的雪地中，一個獨自旅行的男人想要生火的情節。如果火生不起來的話，他肯定會凍死掉。天快黑了。她幾乎沒看過什麼小說。不過高中一年級的暑假，讀書心得報告的題目所指定的短篇小說，她看了好幾遍又好幾遍。故事情節非常自然地浮現在她的腦海。處在生死關頭的男人心臟的鼓動、恐怖、希望、絕望，她可以像自己身歷其境般真切地感覺到。不過那故事中，比什麼都重要的是，基本上這個男人是在追求死亡的這個事實。她明白這一點。沒辦法好好說明理由。只是從一開始她就能理解了。這個旅人其實在追求死亡。他知道這是最適合自己的結局。雖然如此，他依然不得不費盡全力去搏鬥。以活下去為目的，以壓倒性的東西為對象不得不奮力戰鬥。順子內心深深震撼的是，故事核心的那種可以說是根本性的矛盾。

老師對她的意見笑翻了。這個主角其實在追求死亡嗎？老師好像很驚訝地說。第一次聽到這麼奇怪的感想。聽起來倒好像是相當具有獨創性的意見噢。他把順子的感想文讀出一部分時，大家也都在吃吃地偷笑。

不過順子知道。錯的是大家。因為，要不然，這故事的最後為什麼會這麼安靜，這麼美呢？

「火熄掉了吧，三宅先生？」啟介提心吊膽地說。

「沒問題。火還點著，你不用擔心。現在只是快燒起來之前的準備而已。你看煙不是還繼續冒著嗎？人家不是說，沒有火的地方不會冒煙嗎？」

「也有人說，沒有血的地方雞雞不挺噢。」

「嘿，你呀，除了這種事之外，就不會想一點別的嗎？」三宅先生煩膩地說。

「不過，你真的知道沒有熄掉嗎？」

「我確實知道。等一下馬上就會啪一下燒起來。」

「三宅先生你到底在哪裡學到這種知識的？」

「這也算不上什麼知識啦，大概小時候在童子軍學到的吧。當過童子軍的話，自然就會點營火啊。」

「噢。」啟介說。「是童子軍哪。」

「不過不光只是這樣。也有類似才能這東西。說起來有點不好意思，不過對於燒營火的方法，我有一般人所沒有的特殊才能。」

「雖然很快樂的樣子，不過好像是不太能換錢的才能吧。」

「確實不能換錢。」三宅先生笑著說。

正如三宅先生所預言的那樣，終於從深處開始閃現一點火焰。聽得到木頭發出輕微的爆裂聲。順子鬆一口氣。到這個地步就不用擔心了。火會順利燒下去。對著那剛剛出生的微小火焰，三個人開始陸續伸出雙手。暫時可以不必去管它。只要等火焰慢慢旺起來，靜靜守著就行了。五萬年前的人們，應該也是以同樣的心情朝著火伸出手來取暖的吧。順子這樣想。

「三宅先生以前好像提過你是神戶人噢。」啟介好像忽然想起來似的朗聲問道。「上個月的地震沒問題嗎？神戶還有沒有親戚在那裡？」

「不太清楚。我啊，跟那邊已經沒關係了。那是從前的事了。」

「雖說是從前的事，但您的關西腔卻完全去不掉啊。」

「是嗎，沒去掉嗎？自己倒不太知道。」

「嘿，三宅先生，那個如果不是關西腔的話，那你講的是什麼話咧？隨便講講可就傷腦筋了。」

「你別說那半調子的關西腔了，我可不想聽你們茨城縣的人講怪怪的關西腔。你們只要在農閒期插著旗子去飆車就行啦。」

「真過分哪。三宅先生看起來很老實，說起話來倒真厲害。一有什麼就馬上欺負我們北關東純樸老百姓，傷腦筋。」啟介說。「不過說真的，真的沒關係嗎？總有朋友之類的吧。你看過電視新聞報導沒有？」

「別談這個了。」三宅先生說。「喝不喝威士忌？」

「好啊。」

「順子呢？」

「一點點。」順子說。

三宅先生從皮夾克的口袋裡拿出薄金屬製的酒壺，遞給啟介。啟介轉開蓋子，不沾嘴唇地注入口中，咕嘟喝了一口。然後呵地吸進一口氣。

「真棒。」他說。「這東西是如假包換的二十一年單一純麥威士忌逸品。橡木桶裝的吧。聽得到蘇格蘭的海鳴，和天使的呼吸聲。」

「傻瓜，少來了。這只不過是三得利的角瓶而已。」

順子接過啟介傳來的酒壺，把威士忌注入瓶蓋像是用舔的一樣小口啜飲。然後一面皺著臉，一面追逐著溫暖液體順著食道下降到胃裡的獨特感觸。身體內部稍微溫暖了幾分。其次三宅先生安靜地喝了一口，然後啟介又灌了一口。在一手一手傳著酒壺之間，火焰逐漸轉大，變確實。不是急速的，而是花時間慢慢的。這就是三宅先生所生營火的優點。火焰的擴大方式溫柔而優雅。就像熟練的愛撫那樣，絕不性急也不粗魯。火焰為了溫暖人心而存在那裡。

順子在營火前面總是變得沉默寡言。除了有時變換一下姿勢之外，幾乎動也不動。在那裡的火焰，看來似乎默默承受著一切，而且吞進、赦免了一切似的。真正的家人一定是這樣子吧，順子想。

高中三年級的五月，順子來到這茨城縣的小鎮來。她拿出父親的印鑑和存款簿提了三十萬元，只帶了盡量塞滿旅行袋的換洗衣服，就這樣離家出走。從所澤站搭電車胡亂轉幾趟車，來到茨城縣海邊的一個町。連名字都沒聽過的小町。在車站前的房屋仲介公司找到一間公寓，第二個星期已經在面臨沿海國道的便利商店當起店員了。她寫了一封信給媽媽，說我過得很好請不用擔心，也請不要找我。

因為實在討厭上學，也受不了看父親的臉色。很小的時候，順子還跟父親感情很好。放假日常常兩個人到很多地方去玩過。跟父親手牽手走著時，沒來由地覺得很驕傲、很放心。但小學快畢業，開始來月經，長陰毛，胸部逐漸隆起之後，父親開始以和過去不同的奇怪視線看她。上了國中三年級，身高長到超過一七〇公分之後，父親幾乎什麼話都不跟她說了。

學校成績也不理想。剛進國中時成績在班上還算排在前面，但畢業時卻從後面算比較快，上高中也是勉強擠進的。並不是頭腦不好。只是無法集中精神。不管開始做什麼，都沒辦法做到最後。想要集中精神時，腦內深處就開始痛起來。呼吸變困難，心臟鼓動變得不規則起來。去學校只覺得痛苦，沒有一點樂趣。

在這裡安定下來不久就認識啟介。他比她大兩歲，是個衝浪高手。個子高高的，頭髮染成茶色，牙齒很整齊。因為這裡浪高，於是在這裡住下來，跟朋友組起搖滾樂團。雖然在二流私立大學註了冊，但幾乎都沒去上學，看來能混畢業的可能性是零。父母在水戶市內經營糕餅老舖，因此混不好其實也可以回家接掌家業的，但他本人卻完全不打算定下來當個糕餅店老闆。只想永遠能跟同伴開著NISSAN DATSUN卡車到處跑，一面玩衝浪，一面在業餘樂團彈彈吉他就好了，但誰都知道這種輕鬆生活不可能永久繼續。

順子是在跟啟介同居後才認識三宅先生，漸漸熟了開始跟他談起話來。三宅先生大概四十五歲上下，個子瘦瘦小小的，戴著眼鏡。臉形細長，頭髮短短的。鬍鬚很濃，一到傍晚整個臉總像被一團影子罩住似的微微發黑。褪色的藍色粗棉布襯衫，或夏威夷衫下襬放出長褲外面，穿著垮垮的卡其褲，白色舊布鞋。到了冬天就在那上面套一件皺巴巴的皮夾克。有時戴上棒球帽。順子從來沒看過他穿別種服裝。不過他身上穿的衣服，看來倒是都洗得很勤快的樣子。

在鹿島灘這小町，因為沒有說關西腔的人，因此三宅先生的存在也就特別醒目。這個人在這附近租房子一個人住著畫畫噢，女同事這樣告訴她。不，好像不是怎麼有名。也沒看過他的畫。不過生活過得好好的，所以大概還過得去吧。有時會到東京去，買畫材之類的傍晚就回來。對了，大概是五年前開始住到這町上來的。常常看到他一個人在海邊燒柴火噢。一定是很喜歡燒柴火吧。看他總是用很投入的眼神在燒嘛。不太說話，有點怪怪的，不過倒不是壞人。

三宅先生一天會來便利商店三次。早上買牛奶麵包和報紙，中午買便當，傍晚買罐裝冰啤酒和簡單的小菜。這樣每天每天規則地反覆著。除了打招呼之外並沒有特別說什麼話，但順子逐漸對他懷有很自然的親近感。

有一天早晨，店裡只剩他們兩個人時，她鼓起勇氣問看看。再怎麼住得近，為什麼每天這麼頻繁地來買東西呢？牛奶和啤酒都可以一次買多一點放冰箱不就行了。那樣不是比較方便嗎？當然我們只是在賣東西，沒有差別。

「這個嘛。可以買起來放當然好，不過我家因為某種原因卻沒辦法。」三宅先生說。

順子問是什麼樣的原因？

「怎麼說呢，這個嘛，就是有一點原因。」

「對不起，我多管閒事了。請不要介意。我有不明白的事總忍不住非問不可。不過我並沒有惡意。」

稍微猶豫之後，三宅先生好像很傷腦筋似的抓抓頭。「我家啊，老實說沒有冰箱。我本來就不太喜歡冰箱這東西。」

順子笑了。「我也沒有特別喜歡冰箱，不過倒有一個。沒有不是很不方便嗎？」

「是不方便，可是討厭的東西就是沒辦法啊。在有冰箱的地方我會不安得睡不著覺。」

怪人，順子想。不過因為這次的談話，順子對三宅先生，比以前更感興趣了。

然後過了幾天，傍晚在海邊散步時，她看見三宅先生一個人正在燒柴火。蒐集了那一帶的漂流木燒起小小的營火。順子向他打招呼，在三宅先生旁邊並排對著營火。跟他並排站在一起，順子個子高出大約五公分左右。兩個人只簡單地互相打個招呼，就什麼也沒說地望著火。

那時候，順子看著柴火，忽然感覺到那裡面有什麼。有什麼很深的東西。可以說是一股情緒吧，要說是觀念或許又太活生生的，擁有現實性重量的東西。那在她體內慢慢地通過，只留下類似懷念，又像揪緊胸口般，不可思議的感觸，然後就消失無蹤了。那消失後有一陣子之間，她手臂好像起了一陣雞皮疙瘩。

「三宅先生，你看著火的形狀時，會不會有時候心情變得很不可思議？」

「妳是指什麼？」

「我們平常生活中並沒有感覺到的東西，很奇怪，忽然可以清清楚楚地感覺到之類的。怎麼說呢……我腦筋不好沒辦法說清楚，不過這樣看著火時，心情就莫名其妙地變得很平靜。」

三宅先生想了一下。「火這東西呀，形狀是自由的哩。因為自由，就會隨看的人的心顯得像任何東西。如果順子看火心情變得很平靜，那是因為妳自己心中的平靜反映在那裡的關係呀。這個，妳懂嗎？」

「嗯。」

「不過並不是所有的火都會產生這種現象。這種事情要發生，必須火本身也自由才行。瓦斯暖爐的火就不會有這種事情發生。打火機的火也不行。一般的營火也不行。火要能自由，必須要我們這邊為它安排好可以自由的場所才行。而且這不是誰都能簡單辦得到的。」

「可是三宅先生辦得到對嗎？」

「有時候辦得到，有時候辦不到。不過多半可以辦到。只要誠心誠意做的話，大概可以。」

「你很喜歡燒柴火噢？」

三宅先生點點頭。「已經像生病一樣了。我會到這鳥不生蛋的地方住下來，也是因為這海岸比其他任何海岸有更多漂流木流來的關係。只有這個理由。為了燒柴火，我才來到這裡的。真是沒藥救吧？」

從此以後順子只要一有空就會陪三宅先生燒柴火。除了到半夜人還很多的盛夏之外，他幾乎一整年都在燒柴火。有時一星期燒兩次，有時一個月也沒燒。看漂流木蒐集得怎麼樣，來決定這步調。不管怎麼樣一旦決定要燒柴火時，他一定會打電話到順子住的地方來。啟介開玩笑把三宅先生叫做「妳的燒柴火朋友」。不過比一般人容易吃醋的啟介，不知道為什麼似乎只對三宅先生可以容忍的樣子。

火延燒到最大的漂流木時，柴火顯得安定下來了。順子在沙灘上坐下來，閉著嘴一直注視著火焰。三宅先生用長條樹枝，很小心地調整，不讓火勢過猛，或變弱。偶爾從準備添加而預先留下的漂流木中，挑出新木頭放進適當的地方。

啟介說他肚子痛。

「大概是受涼了。我想只要大完便就會好。」

「那你就回家去自己看著辦吧。」順子說。

「那樣大概比較好。」啟介一副可憐兮兮的樣子說。「那妳怎麼辦？」

「順子我會負責送她回家，沒問題。別擔心。」三宅先生說。

「那就麻煩你了。」啟介說著就先走了。

「那傢伙，真是笨蛋。」順子說著搖搖頭。「大概是一高興就喝過頭了。」

「話雖沒錯，順子，年輕時候就太聰明無懈可擊的話，也很無聊啊。那傢伙也有那傢伙的好處不是嗎？」

「也許是吧，不過他幾乎什麼都沒在想。」

「年輕也很辛苦。有些事情想也沒用嘛。」

有一陣子，兩個人又在火前落入沉默。兩個人各自想著不同的事情。時間分別順著不同的途徑流著。

「三宅先生，有一件事我覺得有點不明白，可以問嗎？」

「什麼事？」

「有關你個人的事，你的隱私。」

三宅先生用手掌沙沙地摩擦幾次臉頰上長出的鬍子。「我不知道，不過妳就問問看吧。」

「三宅先生，你也許有太太在什麼地方吧？」

三宅先生從皮夾克口袋掏出酒壺來，打開蓋子，花時間喝下威士忌。蓋上蓋子，放回口袋。然後看順子的臉。

「怎麼忽然想起這種事呢？」

「不是忽然，剛才就有點這樣想了。我看啟介提到地震時三宅先生的臉色就想到了。」順子說。「所以說，看著火的時候，人的眼睛比較誠實噢。就像什麼時候三宅先生跟我說過的那樣。」

「是嗎？」

「也有小孩吧？」

「嗯，有。兩個。」

「在神戶吧？」

「因為在那裡有房子。所以大概還住在那裡吧。」

「在神戶的什麼地方？」

「東灘區。」

三宅先生瞇細了眼睛，抬起頭望著黑暗的海面，然後視線再轉回火上。

「還有啊，不能說啟介是傻瓜。我沒有資格講別人。我也一樣，什麼都沒想。是個傻瓜大王。妳懂吧？」

「關於這個，你想多說一點嗎？」

「不。」三宅先生說。「不想。」

「那就算了。」順子說。「不過，我覺得三宅先生是個好人。」

「不是這個問題。」三宅先生說著搖搖頭。用手上拿的樹枝在沙上畫著圖形似的東西。「順子想過自己會怎麼死法嗎？」

順子想了一下搖搖頭。

「我啊，常常在想噢。」

「三宅先生會怎麼死法？」

「被關在冰箱裡死掉。」三宅先生說。「不是常常有這種事嗎？小孩子跑進被丟棄的冰箱裡玩耍，不知不覺之間冰箱門關起來了，小孩就在裡面窒息而死。就是那種死法。」

大塊的漂流木嘩啦一聲往旁邊倒下，火星四散。三宅先生什麼也沒說地望著那樣子。火焰的反光在他臉上形成有些超現實的影子。

「在狹小空間裡，在黑漆漆裡，逐漸一點一點慢慢死掉。如果順利的話咻一下就窒息還好，卻沒那麼簡單。空氣不知道從什麼地方會稍微滲進來。所以沒那麼快就窒息。到死為止花了非常長的時間。大聲喊叫也沒人聽得見。誰也沒注意到我。地方太狹小身體又動彈不得。不管怎麼掙扎都沒辦法從內側打開門。」

順子什麼也沒說。

「這種夢我做過無數次。半夜裡渾身是汗地嚇醒。慢慢地慢慢地在黑暗中一面痛苦掙扎一面死去的夢。不過醒來時夢還沒有完。這是這個夢最可怕的地方。醒過來，喉嚨乾乾的。到廚房去打開冰箱的門。當然因為我家沒有冰箱，所以應該知道那是夢才對的。但那時候沒注意到。只是一直覺得好奇怪，打開門。於是冰箱裡面一團漆黑。電燈熄掉了。一面想是停電嗎，一面伸頭進去裡面。結果啊，冰箱裡突然咻一下伸出一隻手來，抓住我的脖子。冷冰冰的死人的手。那手抓住我的脖子，用非常大的力氣往裡面拉。哇啊我大叫一聲，這下子才真的醒過來。這樣的夢。每次每次都一樣的夢。從頭到尾都一樣。雖然這樣每次還是一樣非常可怕。」

三宅先生用樹枝尖端戳著燃燒得正旺的粗木條，把它撥回原來的位置。

「因為實在太真實了，我都覺得好像已經死了好幾次似的。」

「是從什麼時候開始作那種夢的？」

「從很久以前開始就一直作，都已經記不得了。偶爾也會有一段時期從這種夢解放出來。有過一年，或者……兩年左右完全不作那種夢的時期。那種時候好像一切都顯得很順利的樣子。不過，終究還是會回來。

當我覺得大概已經沒問題了，幸虧時，又開始了。一開始之後，就不行了，一點辦法都沒有。」

三宅先生搖搖頭。

「跟順子提這種灰色的事情也沒意思吧。」

「不會呀。」順子說。並含起香菸，擦亮火柴。吸進一大口菸。「你說下去嘛。」

柴火已經燒過頭逐漸開始轉弱。剛才一大堆用來添加的木頭全都丟進火裡沒剩了。也許是心理作用吧，海浪聲似乎稍微變大了。

「有一個叫做傑克・倫敦的美國作家。」

「寫〈生火〉的人對嗎？」

「對。妳很清楚嘛。傑克・倫敦有很長一段期間都想自己會溺死在海裡。他確信自己一定會那樣死法。不小心跌到黑夜的海裡，誰也沒發現地溺死。」

「結果傑克・倫敦真的是溺死的嗎?」

三宅先生搖搖頭。「不,是吞嗎啡自殺的。」

「那麼那預感並不靈。或者是故意讓它不靈的也說不定。」

「表面上是這樣。」三宅先生說。然後頓了一下。「不過在某種意義上,他並沒有錯。傑克・倫敦在黑漆漆的暗夜海裡,一個人孤伶伶地溺死。他最後酒精中毒,絕望已經浸透到他身體深處,他一面掙扎一面死去。所謂預感這東西,在某種情況下是一種替身。在某種情況下,那替身遠遠超過現實地栩栩如生。這就是所謂預感這行為最可怕的地方。這妳懂嗎?」

順子試著想了一下。沒有懂。

「我從來沒想過自己會怎麼死法。這種事情實在難以想像。因為連怎麼活法都還完全不知道啊。」

三宅先生點點頭。「這倒也是。不過,也有所謂從死的方法反過來引導出的活法。」

「這就是三宅先生的活法嗎？」

「不知道。有時候也曾經這樣想過。」

三宅先生在順子旁邊坐下來。他看來顯得比平常稍微憔悴蒼老了些。看得見耳朵上方長長的頭髮翹了起來。

「三宅先生，你在畫什麼樣的畫？」

「這要說明非常困難。」

順子改變問題。「那麼，你最近畫了什麼樣的畫？」

「〈有熨斗的風景〉，三天前畫完的。房間裡放著有熨斗。只有這樣的畫。」

「那為什麼很難說明呢？」

「因為那其實不是熨斗。」

順子抬頭看男人的臉。「你是說，熨斗不是熨斗嗎？」

「沒錯。」

「也就是說，那是某種什麼的替身嗎？」

「大概是。」

「而且那是只能以什麼當替身才能畫得出來的東西？」

三宅先生默默點頭。

抬起頭看看天空，星星的數目比剛才多得多了。月亮已經移動了相當長的距離。三宅先生把手上拿著的長樹枝最後也丟進火中。順子輕輕往他的肩膀靠過去。三宅先生衣服上沾染著燒柴火幾百次的幽幽暗香。她深深吸進那氣味。

「嘿，三宅先生。」

「什麼事？」

「我覺得自己空空的。」

「是嗎？」

「嗯。」

閉上眼睛眼淚竟莫名其妙地湧上來。眼淚不斷順著臉頰落下。順子右手用力緊緊握住三宅先生卡其褲的膝上一帶。身體細微地抖顫著。三宅先生伸手摟住她的肩膀，靜靜地抱緊她。但她眼淚還是停不下來。

「我真的什麼都沒有。」很久以後她才啞著聲音說。「真的完完全全空空洞洞的。」

「我知道。」

「你真的知道嗎？」

「這種事情我相當清楚。」

「怎麼辦才好呢？」

「好好睡一覺醒來，大多會好。」

「沒那麼簡單。」

「也許。也許沒那麼簡單。」

聽得見粗木頭裡含的水分蒸發時，所發出咻的聲音。三宅先生抬起頭瞇細眼睛，暫時往那邊看。

「那怎麼辦才好呢？」順子問。

「這個嘛……怎麼樣，要不要現在跟我一起死？」

「好啊。死也可以。」

「認真的嗎？」

「認真的。」

三宅先生還抱著順子的肩膀沉默了一陣子。順子把臉埋進他穿舊了的舒服的皮夾克裡。

「總之，等柴火完全燒完。」三宅先生說。「好不容易特地燒起來的柴火。我想陪它到最後。等這火消失變成一片漆黑之後，就一起死吧。」

「好啊。」順子說。「可是要怎麼死呢？」

「來想想看。」

「嗯。」

順子在柴火氣味的包圍下閉起眼睛。繞在肩膀上的三宅先生的手以男人來說算是小的，感覺怪粗糙生硬。順子想我也許不能跟這個人一起活一輩子。因為我不太可能進入這個人的心中去。不過如果一起死的話或許可以。

但在三宅先生的手臂環抱下，逐漸睏了起來。一定是威士忌的關係。大半的木頭已經化成灰倒塌了，最粗大的漂流木卻還閃著橘紅色的光輝，肌膚也還能感覺到那靜靜的溫暖。要等那完全燒盡，好像還要花一段時間。

「我可以睡一下嗎？」順子問。

「可以呀。」

「柴火燒完了你要叫我噢？」

「不用擔心。柴火燒完後，妳不想醒都會凍醒。」

她腦子裡反覆著那句話。柴火燒完後，不想醒都會凍醒。然後她縮起身體，落入短暫而深沉的睡眠中。

神的孩子都在跳舞

善也在宿醉的最惡劣狀況下醒來。他拚命想睜開眼睛，卻只睜開了一隻。左邊眼皮不聽話。感覺就像蛀牙在夜裡塞滿了腦子一樣。從腐敗的牙齦滲出骯髒的液體，把腦漿從內側一點一點逐漸往外溶化掉。要是不去管它的話，腦漿可能會逐漸消失掉。又覺得如果會變那樣的話也沒辦法，只能隨它去了。如果可能好想再多睡一下。可是又很清楚再也睡不下去了。再睡下去就太不舒服了。

往枕邊的時鐘瞄一眼，但時鐘不知道為什麼不見了。在應該有時鐘的地方，卻沒有時鐘。也沒有眼鏡。也許自己在無意識下丟到什麼地方去了。以前也做過類似的事情。

心裡想著必須起來了，卻只有上半身起來一半，意識還是混亂的，於是臉再度倒回枕頭上。附近有賣曬衣竹竿的車子正路過。回收不要的曬衣竹竿，換新竹竿給人。擴音機的聲音主張曬衣竹竿的價錢跟二十年前的價錢一樣。沒有抑揚頓挫，拉長的，中年男人的聲音。聽著那聲音時，意識像暈船般混亂。但只是噁心卻吐不出來。

有朋友說每次因宿醉而難過時，總會看早晨的電視綜藝節目。據說聽到裡面出場的播報藝人記者吵吵鬧鬧狩獵魔女般的不順耳聲音時，前一天晚上留在胃裡的東西，就能順利吐出來。

但那天早晨的善也，卻沒力氣起床走到電視機前面。因為連呼吸都嫌麻煩。透明的光和白色的煙，在眼睛深處，雜亂而執拗地混合著。視線所及出奇的平淡。他忽然想到難道死就是這麼回事嗎？不管怎麼樣這種事一次就夠了。現在這樣死掉也罷。所以，神哪，拜託，這種事請不要再讓我碰到第二次。

因為神的事而使他想起母親。想喝水，想喊母親，但剛要出聲卻想起這裡只有自己。母親三天前和其他信徒到關西去了。他想人真是各有不同。母親受到神的差遣去當義工時，兒子卻正處於超重量級的宿醉中。起不了床。連左眼都睜不開。我到底是跟誰喝的酒？完全想不起來。一要想出來時，腦心就變成石頭。以後再想吧。

大概還不到中午。但從窗簾縫隙透進來的光線刺眼程度看，善也料想大概已經十一點了。他在出版社上班，所以像他這樣的年輕職員多少遲到一點公司還算寬容。只要加班補回來，工作就可以趕上。但下午以後才上班，還是會被上司囉唆的。囉唆可以忍受，卻不想為幫他介紹職缺的信徒朋友添麻煩。

結果出門時已經將近一點了。如果是平常的話還可以找個藉口請假，但今天有一件必須編排列印出來的文件還留在書桌上，那是無法交給別人做的工作。

他走出在阿佐谷跟母親兩個人住的出租公寓，搭中央線到四谷，在那裡換丸之內線，到霞關再換日比谷線，在神谷町站下車。靠著那不穩定的腳步，上了許多階梯，又下了許多階梯。他上班的出版社在神谷町車站附近。是一家專門出有關海外旅行書籍的小出版社。

那天夜裡十點半左右，正在回家的路上，他在霞關站的地下鐵轉車時，看見那個缺耳垂的男人。年齡大概五十五歲左右，頭髮已經花白。個子高高，沒戴眼鏡，穿著舊式綾織毛外套，右手提著公事包。男人從日比谷線的月台往千代田線的月台，以好像在深思事情的人的那種緩慢步調走著。善也毫不猶豫，就跟在他後面走。一留神時他喉嚨深處像舊皮革般乾渴。

善也的母親四十三歲，但看起來只有三十五歲左右。容貌端正，感覺滿清秀的。由於飲食節制、早晚作激烈體操因此身材保持得很健美，皮膚滋潤光澤。尤其跟善也只差十八歲，因此經常被誤以為姊弟。

此外她對身為母親的自覺本來就很淡。或許她只是逸出常軌而已。善也上了中學，對性的關心覺醒之後，她還無所謂地穿著內衣，有時甚至全裸地，在家裡走來走去。臥室還好是分開的，但半夜寂寞時，她身上幾乎沒穿什麼就走到他房間，鑽進棉被裡。然後像貓和狗那樣，摟著善也的身體睡。他雖然很清楚母親沒有邪念，但那樣的時候善也的心卻一點也不安穩。為了不讓母親知道自己的勃起，他不得不採取非常不自然的姿勢。

為了害怕和母親陷入致命的關係，善也拚命尋找可以輕易做性對象的女朋友。身邊找不到那樣的對象時，便刻意定期地自慰。上高中開始，就用打工的錢去風化區。那樣的行為，與其說是為了處理過剩的性慾，不如說是發自害怕的心理。

也許到了適當階段應該離開家，開始自己一個人生活。他為這件事也曾傷了很多腦筋。上大學時想過，就業後也想過。但終究到了二十五歲的今天，依然無法離開家。留下她一個人的話，不知道母親會做出什麼事，這是原因之一。到目前為止，善也曾經有過幾次極力阻止母親那種突發性而且往往是毀滅性（並充滿善意的）想不開行為。

再說，如果現在自己突然提出要離開家搬出去的話，一定會引起很大的騷動。她一定從來沒有想過或許有一天要跟善也分開住吧。十三歲之後，他宣布放棄自己的信仰時，母親是多麼深深怨嘆、混亂的，善也到現在還記得很清楚。半個月之間她幾乎什麼也沒吃，不開口說話，不洗澡，不梳頭，不換內衣。連生理都不太處理。他第一次看到那樣骯髒發臭的母親。只要想像那可能會再發生，善也心就好痛。

善也沒有父親。從出生開始，他就只有母親。善也的父親是「上方」（他們以這樣的名字稱呼自己的神），母親從他小時候開始就一直重複這樣告訴他。因為是「上方」所以只能在天上。不能跟我們一起住。不過那位爸爸，經常都在關心著保護著善也喲。

善也小時候負責「指導」他的田端先生也同樣這麼說。

「你確實沒有這個世界上的父親。關於這點社會上一定有一些人會說各種閒言閒語。不過很遺憾的是世上大多的人眼睛都被烏雲蒙蔽看不清楚真相。不過善也，你父親就是世界本身。你是在他的愛完全包圍中活著的。你要引以為榮，堂堂正正地活下去才行噢。」

「可是，神是屬於大家的，對吧？」剛剛上小學時善也說。「所謂的爸爸，不是應該要每一個人都有自己的一位嗎？」

「善也你好好聽著噢，那一位你的爸爸，有一天會只屬於你，會現身在你眼前讓你看到。在出乎你預料之外的時候，在出乎你預料之外的地方，你可能會遇見他。不過如果你還有疑心，捨棄信仰的話，他或許失望之下就永遠不在你面前現身了。你懂了嗎？」

「我懂了。」

「我說的話你會一直記住嗎？」

「會，我會記住。田端先生。」

不過老實說，善也並不完全懂。因為他不覺得自己是所謂「神的孩子」這種特殊的存在。怎麼想，自己都是到處都有的普通小孩。倒不如說「比一般小孩還稍微處在下方的」孩子。既沒有特別出色的地方，還經常會出一點差錯。到了小學高年級時也一樣。學業成績還馬馬虎虎，運動方面則不可救藥的差。腳步慢，搖搖擺擺的不穩定，眼睛近視，手又不巧。參加棒球比賽時高飛球大多都漏接。隊友總是抱怨，看球賽的女孩子們則在吃吃偷笑。

他在睡覺前，會向他的父親神明祈禱。我會永遠堅定信心，請讓我接得到外野高飛球。我只求這樣就行了。其他的（現在）我什麼都不求。如果神真的是父親的話，這一點小小的願望應該會聽到的。但他的心願並沒有達成。外野高飛球依然繼續從他的皮手套裡滑落出去。

「善也，你這叫做在考驗『上方』。」田端先生斷然地說。「祈禱不是一件壞事。可是你的祈禱必須是更大的、更廣的事情才行。對具體的某一件事，設定期限祈禱的話，是不對的。」

善也十七歲時，母親坦白告訴他有關他出生的祕密（之類的）。母親說，善也差不多也是該知道的時候了。

「那時候我才十幾歲，生活在深深的黑暗中。」母親說。「我的靈魂像剛剛創造出來的泥海一般混亂，凌亂。正義之光隱藏在烏雲背後。因此，我跟幾個男人在沒有愛情之下交媾。你知道交媾這回事噢？」

知道，善也說。一提到有關性方面的事情時，母親往往會用很古老的語言。他那時候已經和幾個女性有過「沒有愛情的交媾」。

母親繼續說。「第一次懷孕是在高中二年級時。那時候並沒有覺得那是多重要的事。在朋友介紹的醫院去做了墮胎手術。婦產科醫院的醫師人年輕又親切，手術後還教我怎麼避孕。他說墮胎對身體和心理都沒有好結果，而且會有性病問題，所以一定要用這個，給了我一盒新的保險套。

「我說我確實有用保險套。醫師說，『那麼是戴法不對。大家居然都不太知道正確用法。』但我並沒有那麼笨。我非常小心地避孕。一脫掉衣服立刻自己就親手為對方戴上保險套。因為我覺得男人不可靠。你知道保險套吧？」

知道，善也說。

「在那兩個月後又懷孕了。我比以前更小心，但還是懷孕了。真是難以相信。但沒辦法只好到同一個醫師那裡去。醫師看到我就對我說『不是才剛剛叫妳要注意嗎？到底在想什麼？』我一面哭一面說明如何小心避孕的。但他不相信。罵我說『如果正確戴保險套，就不可能變這樣的。』

說來話長，不過半年後，由於一個奇怪的因緣，我跟那位醫師交往了。那時他三十歲，還單身。他說話雖然很無聊，不過卻是個誠實的正經人。右耳缺耳垂，據說是小時候被狗咬掉的。走在路上，一隻從來沒見過的大黑狗撲上來，咬掉他的耳垂。不過只是耳垂還算是好的，他說。沒有耳垂人生還沒有什麼妨礙。如果是鼻子可就不行了。我想確實他說得沒錯。

跟他交往之間，我逐漸恢復正常的自己。跟他交往時，可以不用想任何多餘的事。我開始喜歡上他那只有一半的耳朵。因為他是個很熱心工作的人，所以在床上也很熱心地教授避孕方法。什麼時候如何戴上，什麼時候如何拿下保險套。真是無懈可擊的像樣避孕。雖然如此我還是又懷孕了。」

母親到男朋友醫師那裡去，告訴他自己好像懷孕了。醫師檢查過，並確認是。卻不承認自己是父親。我以一個專家做好萬全的避孕了，他說。那麼，一定是妳跟別的男人有關係。

「我聽到這句話嚴重受傷，非常傷心。氣得身體直發抖。你明白為什麼我傷心對嗎？」

我明白。善也說。

「跟他交往期間，我跟其他男人一概沒有交媾。可是他偏偏認為我只是個行為不檢點的不良少女。從此以後我就沒有再跟他見面。也沒有接受墮胎手術。心想就這樣死掉算了。如果那時候田端先生沒有看到搖搖晃晃走在路上的我，向我開口招呼的話，我想我一定會搭上往大島的船，從甲板跳海死掉。因為我當時一點都不怕死。如果我當時死掉了，當然善也就不會出生到這個世界上來了。但幸而由於田端先生的引導，我才像這樣得救了。終於好不容易找到真正的光明。而且靠著周圍信徒們的幫忙，善也才在這個世界出生了。」

遇到母親時，田端先生說。

「既然那樣嚴格地避孕了，妳居然還會懷孕。而且還連續三次懷孕。妳能當這是偶然的事故嗎？我可不這麼想。三次連續的偶然，已經不是偶然了。三這數字正是『上方』所顯示的數字。換句話說，大崎小姐，『上方』的意思是要妳得到孩子。大崎小姐，那不是任何人的孩子。是天上神的孩子。我為這生下來的孩子取名為善也。正如田端先生的預言生下的是男孩，取名叫善也，母親已經不再和任何人交媾，而決定做一個神的使者活下去。」

「妳是說，」善也戰戰兢兢地插嘴說：「我的父親，以生物學上來說，就是那位婦產科醫師囉？」

「不是這樣。那個人做了完全的避孕了。所以正如田端先生說的那樣，善也的父親是『上方』。不是透過肉體的交媾，而是由於『上方』的意志，善也才誕生到這個世界的。」母親以燃燒般的眼神斷然說。

母親似乎打心坎裡相信是這個樣子。但善也則確信那位婦產科醫師才是自己的父親。一定是所用的保險套在物理上有問題。除此之外簡直無法想像。

「那麼，那位醫師知道母親生下我嗎？」

「我想不知道。」母親說。「沒有理由知道。因為從此以後沒有見過，也沒有聯絡。」

男人上了千代田線往我孫子站的電車。善也也跟著上了同一輛車廂。夜晚過了十點半的電車並不太擁擠。男人在座位上坐下來，從公事包拿出雜誌來，翻開看到一半的那頁。看起來像是某種專門雜誌的樣子。善也在對面坐下，翻開手上拿著的報紙來假裝看著。男人瘦瘦的，五官深邃。確實有一種像醫師的氛圍。年齡也符合。而且右側耳垂也是缺的。看起來那確實有點像是被狗咬掉的痕跡。

這個男人一定是自己生物學上的父親不會錯。善也直覺地這樣想。但這個男人可能連有我這個兒子在世上都不知道。而且如果我在這裡，告訴他事實真相，恐怕他也不會輕易相信。因為他已經做過身為專家所做的萬全避孕了。

電車經過新御茶水，經過千駄木、經過町屋，終於開出地面。每次在一站停下來，乘客的人數就減少一些。但男人目不斜視地看著雜誌。沒有要站起來的跡象。善也一面偶爾用眼角瞄一下男人的樣子，一面似看非看地看著晚報，在那之間逐漸想起昨天晚上的事。善也和大學時代的好朋友，跟那位朋友認識的兩個女孩子一起去六本木喝酒。然後還記得四個人進了迪斯可舞廳。這些經過情形在他腦子裡漸漸甦醒過來。

結果，就跟那女孩子上床了嗎？不，可能什麼也沒做。因為醉得那麼厲害，不可能交媾。

晚報的社會版全面被地震的報導所填滿。母親應該是跟其他信徒們住進設在大阪的宗教團體設施裡了。他們每天早晨把生活物資塞進背囊，到電車還可以通的地方，然後順著被瓦礫埋掉的國道走路到神戶。並分發生活必需品給災民。母親在電話上說背囊重達十五公斤。善也感覺那個地方離自己，和離坐在自己對面正專注看著雜誌的男人，好像都距離幾光年之遠似的。

一直到小學畢業為止，善也每星期一次跟母親一起去參加傳教活動。母親在教團裡傳教成績是最好的。人長得漂亮年紀又輕，看起來教養良好的樣子（事實上也很好），待人和善。加上手上還牽著一個小男孩。在她前面大多的人警戒心都會解除。雖然對宗教沒興趣，但聽聽她

神的孩子都在跳舞｜

說什麼應該沒妨礙吧，心情上會有這種轉變。她穿著樸素（但顯出身體美好曲線的）套裝，家家戶戶去拜訪，給對方佈教傳單，以沒有壓力的態度說明擁有信仰的幸福，她說如果有什麼煩惱的話，請務必來這裡找我們。

「我們不會勉強什麼。我們只付出而已。」她以熱心的聲音，燃燒般的熱誠眼光說。「我自己以前也曾經有一段時期，靈魂在深深的黑暗中徘徊過。因為這個教而得救。我那時候，決定跟肚子裡懷的這個孩子，一起跳海自殺。但我被天上的神伸手救了起來，現在跟這孩子一起，還有跟『上方』一起活在生的光明裡。」

善也在母親的手牽著下去拜訪一戶戶不認識的人家，並不覺得辛苦。在那時候，母親特別溫柔，手也很溫暖。雖然經常在門口受到冷淡的拒絕，但因此偶爾有人親切的招呼就會很高興。能得到新信徒時，更覺得榮耀。善也想這樣身為父親的神，一定也會稍微肯定我了吧。

但上了中學後不久，善也就捨棄信仰了。隨著獨立的自我在他心中覺醒之後，要全盤接受跟社會一般理念不能相容的教團獨特的嚴格戒律，實際上是有些困難。但不只這樣。讓善也決定性遠離信仰的最根本部分，是身為父親的神無止境的冷淡。是黑暗沉重，始終沉默的石頭心腸。兒子捨棄了信仰雖然令母親深感悲哀，但善也棄教的決心並沒有動搖。

男人把雜誌收進公事包，站起來走向車門，是在即將進入千葉縣境的前一站。善也也跟著下了電車。男人從口袋拿出定期票，穿過收票口。善也必須在收票口排隊補繳過站票價的現金。雖然如此總算在男人搭上站前候客計程車時即時趕上。他上了後面一輛計程車，從皮夾拿出一張嶄新的萬圓鈔票。

「請跟在那輛車後面好嗎？」

司機以懷疑的眼神看看善也的臉。然後看著一萬圓鈔票。

「客人，不是什麼不好的事吧？跟犯罪有關之類的。」

「不會。沒問題。」善也說。「只是普通的素行調查。」

司機默默收下一萬圓鈔票，發動車子。「不過車費另計。我照表算噢。」

兩輛計程車穿過鐵捲門已經放下的商店街，經過幾處黑暗的空地前，經過窗裡亮著燈的大醫院前，穿過一排排分割成小小間的便宜住宅區。因為交通量幾乎等於零，所以跟蹤本身並不困難，也不驚險刺激。司機聰明地將跟車距離偶爾拉長或縮短。

「你在調查外遇之類的嗎？」

善也說。「不，是有關獵人頭方面的。同業間的挖角。」

「哦？」司機似乎很驚訝地說。「最近同業間的挖角已經做到這個地步嗎？我還不知道呢。」

住宅區逐漸變得稀稀疏疏，進入河濱工廠和倉庫成排的區域。沒有人影，只有新的街燈格外醒目。在水泥高牆長長延續的地方，前面的計程車突然停下來。善也的計程車司機也配合那紅色煞車燈，在大約一百公尺的後方踩煞車。車前燈也熄掉。水銀燈光默默照出黑色的柏油路面，除了圍牆之外眼前看不到其他東西。牆上像要威嚇世界似的厚厚地圍著鐵絲網。前面的計程車門打開，遠遠看見那個缺耳垂的男人下了車。善也除了那一萬圓鈔票之外再加兩張千圓鈔票，什麼也沒說地遞給司機。

「這附近不太有計程車經過，回家時很麻煩。要不要我等一下？」司機說。

善也拒絕後下了車。

男人下車後，並沒有張望四周，就從沿著水泥牆的筆直道路往前走。男人的腳步和走在地下鐵月台時一樣，緩慢而規則。看起來像做得很好的機器人被磁石吸引著往前走似的。善也把大衣領口豎起來。一面從那縫隙間不時吐出白色氣息，一面避免行蹤曝光地保持適度距離跟在男人後面。傳到耳裡的只有男人皮鞋發出咯吱咯吱的聲響而已。善也所穿的橡膠底輕便皮鞋，比起來則相對地沒有聲音。

周遭沒有人煙，簡直像在夢中暫時陳設的虛構風景一般。長圍牆盡頭，有一個廢車放置場。圍著鐵絲網，車輛堆積如山。由於長久日曬雨淋，在水銀燈下色彩一律被剝奪。男人從那前面走過去。

善也真不明白。有什麼原因會在這麼一個沒有任何東西的荒僻地方下計程車呢？這個男人難道不是要回家嗎？或許在回家前想繞到別的什麼地方一下也不一定。但在二月的半夜裡散步未免太冷了。冰凍的風偶爾像推著善也的背似的吹過道路。

廢車放置場過去之後，沒有表情的水泥牆又再一直延續，盡頭有一個狹小巷子的入口。男人好像熟門熟路的樣子，豪不猶豫地走進那巷子裡去。巷子深處暗暗的，看不清楚裡頭有什麼。善也遲疑了一下，還是依舊跟在男人後面踏進淡淡的昏暗中去。已經跟蹤到這裡。事到如今沒有理由退縮。

這是一條兩側被高牆夾住的筆直狹路。狹小得連面對面錯身都有困難的程度，暗得像黑夜的海底一般。接下來就只能靠男人的腳步聲了。他在善也前面，以和剛才同樣的步調繼續走著。在光所到達不了的世界，善也像緊抓住那聲音似的往前踏進。然後皮鞋聲消失了。

男人發現被跟蹤了嗎？他站定下來屏住氣息，正在觀察背後的動靜嗎？在黑暗中善也心臟收縮起來。但他屏住呼吸，就那樣繼續往前走。管他的，如果他責備我跟蹤他的話，只要照實全抖出來就行了。或許這樣更快搞清楚。但巷子立刻就到底了。是一條死巷。正面被鐵絲網擋住。但仔細一看，開著一個人勉強可以穿過的洞。有人刻意撬開的洞。善也拉起大衣下襬，彎身鑽過那個洞。

鐵絲網另一邊是廣闊的原野。不，不只是原野而已。看起來好像是什麼運動場。善也站在淡淡的月光下，試著凝神注視周圍一圈。到處都看不到男人的影子。

那是個棒球場。善也現在站著的好像是中外野一帶的樣子。雜草被踏在腳下，只有守備位置的部分地面像傷痕般露出來。遠遠那邊的本壘後面掛著後擋設置的網子像黑色羽翼般聳立著，投手丘像大地的腫瘤般隆起。沿著外野圍著高高的鐵絲網。吹過球場的風，把洋芋片的空袋子吹往不知道什麼地方去。

善也把雙手插進大衣口袋裡，屏住氣息，等著發生什麼。但什麼也沒發生。他望望右側，望望左側，望望投手丘的方向，望望腳下的地面，然後抬頭望望天空。天上飄浮著幾朵輪廓清楚的雲。月光將那邊緣染成奇異的顏色。草中微微有狗糞的氣味。男人失蹤了。消失得無影無蹤。如果田端先生在這裡的話，大概會這樣說。所以嘛，善也『上方』

會以預料不到的方式現身在我們面前哪。

不過田端先生在三年前因尿道癌死了。最後幾個月，他在旁邊的人看著都難過的激烈痛苦中度過，他難道一次也沒考驗過神嗎？難道他沒有向神祈禱讓那痛苦減少一點嗎？善也覺得田端先生似乎有這樣（附期限，具體）祈禱的資格。因為他那樣嚴格遵守那麼麻煩的戒律，一輩子跟神明結下密切的關係。而且——善也忽然想到——如果神可以考驗人的話，為什麼人不可以考驗神呢？

太陽穴深處有一點刺痛，但那是因為宿醉呢，還是別的原因引起的，他分不太清楚。善也皺起眉頭，雙手從口袋伸出來，慢慢朝本壘大步邁進。剛才還屏著氣息跟蹤像是父親的男人。腦子裡除了那個幾乎沒有別的。就這樣，來到這個陌生地方的棒球場。但男人的影子一失蹤後，一連串行為的重要性就像配合著那個一樣，在他心中突然變得不明確了。意義本身已經分解掉，無法復原了。就像過去能不能順利接住外野高飛球，對他來說是攸關生死的重大懸案，然而那終於變得不再重要了一樣。

我過去到底是要透過這件事去追求什麼呢？善也一面邁步一面自問。我是否想要確認自己如今存在這裡的類似血脈之類的東西？希望自己被編進新的劇本中，被分派到一個更像樣的新角色？不是，善也想。不是這樣。我所一直追逐的，或許是我自己心中黑暗的尾巴之類的東西吧。我碰巧看見了那個，於是追蹤下去，抓得緊緊的，並且最後在更深的黑暗中放掉。我也許再也不會看到那個了。善也的靈魂現在正站定在安靜而晴朗無雲的一個時間和地點上。那個男人是不是自己的真正父親，是不是神，或只是碰巧在某個地方失去右耳耳垂的毫無瓜葛的別人，都已經無所謂了。這裡已經顯靈過一次，有過一個聖禮。也許該慶賀了吧。

他站上投手丘，站在磨平的投手板上，在那裡鼓起勇氣挺起胸，雙手手指交叉，筆直伸到頭上。肺裡吸進冷冷的深夜空氣，再一次抬頭仰望月亮。好大的月亮。為什麼月亮會隨著不同日子有時變大有時變小呢？一壘側和二壘側都設有木板座位的少許觀眾席。當然在這二月的半夜裡，沒有任何人。只有筆直的木條，分成三層階梯，冷冷地排在那裡而已。背網後面大概是什麼倉庫吧，沒有窗戶的陰氣建築物並排著。看不見燈光。也聽不見聲音。他在投手丘上試著畫圓轉動兩臂。腳也配合著有節奏地往前踏一踏，往旁邊伸一伸。這舞蹈般的動作繼續一會兒之後，身體逐漸暖和起來，作為生物體器官的正常感覺回來了。一回神時頭痛也幾乎快消失了。

大學時代一直交往的女孩子叫他「青蛙」。說是因為他跳舞的樣子很像青蛙。她喜歡跳舞，常常帶善也去迪斯可舞廳。「你看，你手長腳長，跳起舞來搖搖擺擺的。倒像雨中的青蛙一樣，非常可愛喲。」她說。

善也聽了有點受傷，不過還是陪她去跳了幾次，漸漸開始喜歡跳舞。配合著音樂無心地動著身體時，就有一種自己體內所擁有的自然律動，和世界的基本律動連帶呼應的真實感。像海潮的漲落，原野上舞動的風，星體的運行，這些東西絕對不是在跟自己毫不相干的地方進行著的，善也這樣想。

那個女孩說，從來沒有看過比善也的陰莖更大的陰莖。這麼大跳舞時不會妨礙嗎？她拿在手上一面問。不會妨礙，善也說。他的陰莖確實很大。從小時候開始就一直很大。並不記得因此而有什麼好處。甚至曾經有幾次說是因為太大而被拒絕做愛的經驗。首先從美的觀點來看也太大了。顯得好像有點遲鈍、有點笨拙不靈巧的樣子。他盡量不讓那個暴露在別人眼前。「善也的雞雞那麼大，就是善也是神的孩子的證明啊。」母親充滿自信地說，他也坦然這樣相信。但有一天，一切都突然變得很愚蠢。我祈禱能夠順利接住外野高飛球，可是神卻給我比誰都大的性器。什麼世界會有這麼奇怪的交易呢？

善也把眼鏡摘下來放進盒子裡。跳舞也不壞呀，善也想。不壞。閉上眼睛，一面感受著白色月光照在肌膚上，善也一面一個人開始跳起舞來。深深吸氣、吐氣。因為想不起配合心情的適當音樂，於是配合著風吹草動和雲的流動跳。中途，好像有人在看他跳的感覺。善也可以清清楚楚地感覺到，在某人視野中的自己。他的身體，肌膚、骨頭感覺到這個。但這都無所謂了。不管是誰，想看就看吧。神的孩子們都在跳舞啊。

他踏在地面，手臂優雅地轉著。一個動作喚出下一個動作，更自發自律地連接到下一個動作。身體畫出幾個圖形。其中有類型，有變化，有即興性。韻律中有韻律，韻律間有看不見的韻律。他在一些主要地方，看得出這些複雜糾纏的相互關係。各種動物像皮影畫般悄悄躲在森林裡。其中混合著見都沒見過的恐怖野獸。他最後能夠穿過那森林嗎？但他並不害怕。因為那是在我自己心中的森林。是以我自身造型出來的森林。是我自身所擁有的野獸啊。

善也不知道到底繼續跳了多久的舞。不過是很長一段時間。他一直跳到腋下冒出汗來。然後突然想起，自己腳下踐踏的大地底下存在的東西。那裡有深沉黑暗的不祥地鳴，有不為人知的運著慾望的暗流，有無數滑溜溜蟲子的蠢動，有將都市化為瓦礫山的地震之巢。這些也都是製造出地球律動的東西之一。他停下來不跳了，一面調整著氣息，一面像在窺探無底洞般，俯視腳下的地面。

善也想起遠在倒塌崩垮的市街間的母親。如果時間能夠就這樣順利倒流的話，現在的我，能夠遇到靈魂還在深深黑暗中徘徊的年輕時代母親的話，會發生什麼呢？也許兩個人會同樣處於混亂的泥沼中，毫無間隙地投合，互相貪求，並受到強烈的報應吧。但管他的。如果要這麼說的話，早就該受到報應了。我身邊的都市才更應該嚴重崩潰倒塌呢。

大學畢業時，女朋友對他說希望結婚。「我想跟你結婚，青蛙。我想跟你住在一起，跟你生孩子。生一個陰莖像你一樣大的男孩子。」

我不能跟妳結婚，善也說。我以前一直沒有機會說，其實我是神的孩子。所以我不能跟任何人結婚。

真的？

真的，善也說。真的。雖然很抱歉。

善也彎身蹲下，用手撈起沙子。並讓沙子從手指間沙拉沙拉地落回地面。他這樣重複了幾次。手指一面感覺著冷冷的不均勻的泥土感觸，善也一面想起最後一次握田端先生那纖細削瘦的手時的事。

「善也，我已經活不久了。」田端先生以沙啞的聲音說。善也想要否定，但田端先生安靜地搖搖頭。

「沒關係。這世間的人生只不過是一場短暫痛苦的夢，我在神的引導下總算度過到這裡了。但在死以前我有一件事必須告訴你。說出口雖然很羞恥，還是不得不說。那就是，我對善也的母親曾經有過幾次邪念。就像你也知道的，我有家人，我也真心愛他們。再加上，你母親是懷著無邪心的人。雖然如此，我的心還是強烈渴望善也母親的肉體。我無法停止這思念。為這個我向你道歉。」

不需要道什麼歉。懷有**邪念**的不只有你而已。連身為兒子的我到現在還經常被莫名其妙的妄想所糾纏。善也很想這樣坦白說出來。但這說了恐怕只有徒然增加田端先生的混亂而已。善也默默地握著田端先生的手，長久之間一直握著。想把心中的想法傳到對方手中。我們的心不是石頭。石頭或許有一天會崩潰。或許會失去形影。但心不會崩潰。我們這無形的東西，不管是好，是壞，都可以無止盡地互相傳達。神的孩子們都在跳舞。那第二天，田端先生就斷氣了。

善也一直蹲在投手丘上，任時間流逝。遠方隱約傳來救護車的警報聲。風吹著，吹得草葉舞動，吟頌著草之歌，然後停歇。

神哪！善也開口說出。

泰國

開始廣播。「時間現在正搬到氣流惡劣的地方。請各位回到座位，並繫好使徒鈴。」那時候因為皋月正在恍惚地想事情，因此沒聽清楚泰國空服員以有點怪怪的日本語廣播的那段訊息的意思，稍微花了一段時間才解讀出來。

本機現在正在氣流惡劣的地方飛行。請各位回到座位，並繫上安全帶。

皋月流著汗。非常熱。簡直像被蒸氣蒸著一樣。全身上下火熱，覺得身上穿的尼龍絲襪和胸罩簡直不舒服到令人難以忍受的地步。真想把身上的一切全脫光，完全自由解脫。她抬起頭看一圈四周，但覺得熱的好像只有她一個人的樣子。商務艙的其他乘客，為了避開冷氣出風，還從肩膀蓋著毛毯縮成一團在睡覺。大概是燥熱。皋月咬起嘴唇。想讓意識集中到別的事情上，忘記熱這回事。她翻開剛才在看的書，開始閱讀。但當然不可能忘記。這不是尋常的熱。而且還有相當長的時間才會到曼谷。她向經過的空服員要了一杯水。並從皮包拿出藥丸盒子，把忘記吃的荷爾蒙藥丸吞進喉嚨。

更年期這問題，一定是神對胡亂將壽命延長的人類所提出的諷刺警告（或惡作劇），皋月再度這樣想。就在還不久的百餘年前，人類的平均壽命還不超過五十歲，月經終了後還活二十年三十年的女人，畢竟是例外的情況。過去對大多數人來說，身懷卵巢和甲狀腺不再正常分泌荷爾蒙之後的肉體繼續活著之麻煩，也許閉經後動情激素（estrogen）減少和老人痴呆症之間具有相互關係之類的問題，還不至於到令人傷腦筋的地步。反而是日常有沒有適度攝取正常飲食才是更迫切的問題。這樣想想，終究醫學發達是否只是讓人類所有的問題浮現更多、更細分化、複雜化而已呢？

過不久機內又再開始廣播。這次是用英語。「乘客中如果有醫師的話，可否請通知客艙的服務員一聲？」

機內也許有病人出現了。皐月考慮要不要去通報名字。想了一下就作罷。以前也碰過兩次同樣的情況，她去通報自己是醫師，兩次都遇到同機裡有共乘的開業醫師。開業醫師有像在前線擔任指揮的沙場老將般的沉著鎮定，而且似乎具有一眼就能看穿像皐月這種沒有實戰經驗的專科病理醫師的眼力。「沒問題。我想我一個人就可以處理得了。大夫請好好休息吧。」他們酷酷地微笑著說。她頗尷尬地找個愚蠢的藉口，回到座位。然後繼續看無聊的電影。

不過說不定這班飛機上，除了我以外沒有一個擁有醫師資格的人也不一定。或許那個病人甲狀腺免疫系統有重大問題也不一定。如果這樣的話——就算機率不高——像我這樣的人也許還能幫得上忙。她深呼吸一下，然後按了手邊呼叫空服員的按鈕。

世界甲狀腺會議在曼谷Marriott飯店的會議廳舉行，一連四天。甲狀腺會議，與其說是會議不如說像世界性家庭團聚。參加者全體都是甲狀腺專科醫師，幾乎每個人都互相認識，如果不認識則立刻被介紹認識。是個狹小的世界。白天舉行研究成果發表，專題討論座談會，到了晚上則有幾個不同的私人小party。熟朋友聚在一起敘舊。大家一起喝喝澳洲葡萄酒，談談甲狀腺的事，互相傳傳小道消息，交換跟工作職位有關的情報，講講和醫學有關聳人聽聞的笑話，在卡拉OK酒吧唱唱Beach Boys的〈Surfer Girl〉。

在曼谷的旅行中皐月主要是跟底特律時代認識的朋友們一起行動。對皐月來說，跟他們在一起時最輕鬆。她曾經在底特律大學附屬醫院裡，持續研究有關甲狀腺免疫機能將近十年。但中途開始，跟從事證券分析師的美國丈夫處不好。他的酒精依賴症傾向逐年增強，而且其間還有另一個女人介入。是她很熟的女人。他們先分居，耗了一年請律師居間協調做了激烈對峙。丈夫主張「最決定性的問題是，妳不想要孩子。」

三年前離婚調停終於成立，幾個月後發生一個事件，她停在醫院停車場的HONDA Accord窗玻璃和車前燈被敲破，引擎蓋上被用白油漆寫上「JAP CAR」。她報了警。來了一位大個子黑人警察，填了被害表格後說「Doctor，這裡是底特律。下次請買FORD Taurus噢。」

因為這種種讓皐月覺得好厭煩，美國已經住不下去了，好想回日本。在東京的大學醫院也找到職位。「長年的研究好不容易才剛開始有成果，何必這樣呢。」一起做研究的印度同事挽留她。「如果順利的話受到提名諾貝爾獎也不是夢噢。」但皋月回國的決心並沒有動搖。她心中有某種東西已經耗盡了。

會議結束後，皋月還一個人留在曼谷的飯店。正好可以順利繼續請假，因此想到附近的休閒區去，好好放鬆休息一星期左右，她這樣告訴大家。可以看看書、游游泳、在游泳池畔喝喝冰冰的雞尾酒。好棒噢，大家都說。人生需要偶爾放鬆一下。對甲狀腺也有好處。她跟朋友們握手、擁抱、約好再見後便告別。

第二天一大早，一輛來接她的豪華房車依照預約停在飯店前面。擦得雪亮像寶石般美麗的舊型深藍色賓士車，車體一塵不染。比新車還漂亮。看來就像是從什麼人的超現實幻想中直接抽出來的樣子。擔任導遊兼司機的是一位可能超過六十歲的清瘦泰國男人。穿著上了漿的筆挺純白短袖襯衫，繫著黑色絲質領帶，戴著深色太陽眼鏡。曬得黑黑的，脖子細細長長。他站在皋月面前，雙手合十代替握手，輕輕低頭做了日本式的一鞠躬。

「請叫我尼米特。往後一星期讓我為Doctor效勞導遊。」

尼米特到底是姓，還是名，並不清楚。總之他叫做尼米特。尼米特非常彬彬有禮，會講很容易懂的英語。既不是重音含糊的美國風，也不是抑揚頓挫講究的英國風。不如說，幾乎聽不出什麼腔調。好像以前在什麼地方聽過的英語，但那是哪裡，皋月一時又想不起來。

「還請多指教。」皋月說。

載著兩個人的車子穿過炎熱、猥雜、吵鬧而空氣污濁的曼谷市區。沿路車輛阻塞，人們互相叫罵，喇叭聲像空襲警報般割裂空氣。加上馬路正中央還有象在走著。而且不只一頭或兩頭。那些象在這樣的大都會裡到底在做什麼呢？皋月問尼米特。

「鄉下人一直把很多象帶到曼谷市內來。」尼米特很有禮貌地詳細說明。「本來是用在林業的象。但只靠林業無法維持生計，於是想讓象來表演技藝向觀光客賺一點錢，因此市內象的數目過分增加，給市民帶來很大的痲煩。有時候象一受驚在路上狂奔起來，上次好多車子被象撞壞。當然警察也在取締，但不能勉強搶走馴象師的象。就算把象帶走也沒地方可放，再說飼料費也很可觀。因此只好放任不管了。」

車子終於離開市區，然後上了高速公路，筆直朝北開。他從抽屜拿出錄音帶放進汽車音響裡，以小音量播放著。是爵士音樂。以前聽過令人懷念的旋律。

「音量可以放大聲一點嗎？」皐月說。

「好的。」尼米特說，把汽車音響的音量調高。曲子是〈欲言又止〉（I Can't Get Started）。跟她以前常常聽的是同一個演奏。

「Howard McGhee的小喇叭，Lester Young的次中音薩克斯風。」皐月好像在自言自語般喃喃說。「在JAPT演奏的。」

尼米特看看後視鏡中她的臉。「哦？Doctor對爵士樂很清楚噢。您喜歡嗎？」

「我父親是很熱中的爵士樂迷。小時候常常放給我聽。同樣的演奏放好幾遍，讓我記住演奏者的名字。如果我說對了，就賞糖果。所以我現在還記得很清楚。因為都是一些老爵士樂，新的樂手我就完全不知道了。Lionel Hampton、Bud Powell、Earl Hines、Harry Edison、Buck Clayton……」

「我也只聽老爵士樂。令尊是做什麼工作的？」

「也是醫師。小兒科醫師。不過我上高中後不久他就去世了。」

「那真遺憾。」尼米特說。「Doctor現在還聽爵士樂嗎？」

她搖搖頭。「已經很久沒有好好聽了。結婚後不巧我先生討厭爵士。說到音樂他是只聽歌劇的人。家裡有很氣派的音響設備，但除了歌劇如果放別種音樂，他就會露骨地擺出討厭的臉色。歌劇迷大概是全世界心胸最狹窄的人吧。我跟我先生已經離婚了，不過以後到死為止，就算再也不聽歌劇我想我都不會覺得寂寞。」

尼米特輕輕點點頭，沒有再說什麼。只安靜握著賓士車的方向盤，視線固定在前方的路面。他轉方向盤的手法非常漂亮。手精確地放在同一個位置，在相同角度的地方變換旋轉。曲子換成同樣令人懷念的Erroll Garner的〈I'll Remember April〉。Garner的《Concert by the Sea》是父親最愛聽的唱片。皐月閉上眼睛，沉入古老的記憶中。在父親得癌症去世以前，她周圍的一切事情都很順利。從來沒發生過不好的事。從那以後舞台出乎意料之外地轉暗了（發現時父親已經消失了），一切都轉向惡劣的方向。好像開始演出完全不同的劇本似的。母親在父親死後不到一個月裡，把收藏的爵士樂唱片和音響設備全部處理掉。

「Doctor出生在日本的什麼地方？」

「京都。」皐月說。「我只住到十八歲，而且從此以後幾乎沒有回去過。」

「京都是不是就在神戶附近？」

「雖然不遠，但也不是就在附近。至少地震的受災好像沒有那麼嚴重的樣子。」

尼米特轉移到超車道，輕快地連續超過幾輛載滿家畜的大卡車，然後又回一般車道。

「那真萬幸。上個月神戶大地震死了好多人。我在新聞上看到的。真叫人悲傷。Doctor有沒有朋友住在神戶？」

「沒有。我想我的朋友沒有一個住在神戶。」她說。不過那不是事實。那個男人住在神戶。

尼米特沉默了一會兒。然後頭稍微轉向她這邊說。「不過真是不可思議啊，地震這種事情。我們腦子裡深深相信腳底下的地面是堅固不動的東西。也有所謂『腳踏實地』的成語。可是有一天突然明白，並不是這樣。本來說是很堅固的地面和岩石，突然變成像液體一樣軟軟黏黏的。我在電視新聞上看到報導。是叫做土壤液化嗎？幸虧泰國幾乎沒有什麼大地震。」

皐月背靠著座位，閉上眼睛。並默默傾聽著Erroll Garner的演奏。但願那個男人被什麼堅固沉重的東西壓垮，壓得扁扁的算了，她想。或者但願他被吸進軟軟黏黏液化大地裡去算了。這才是我長久以來一直希望的事。••••••••••

尼米特開的車在下午三點到達目的地。到了中午時尼米特把車子停進高速公路旁的服務區休息。皐月在那裡的餐廳喝了粉粉的咖啡，太甜的甜甜圈只吃了一半。她預定住一星期的是山間的高級度假飯店。整排建築物可以俯瞰流過山谷的溪流。山坡上開滿了原色的花，各種鳥一面發出尖銳的啼聲，一面在樹林間飛來飛去。為她準備的房間是獨立的小木屋。有寬寬大大的浴室，床附有優雅床幔，有二十四小時都可以隨時點餐的room service。門廳有圖書室，裡面可以借書、CD或錄影帶。一切都很清潔，管理服務周到，樣樣都花了錢的。

「今天因為漫長的旅途Doctor一定累了。請好好休息。明天早晨我十點會來接您。然後帶您去游泳池。您只要準備毛巾和泳衣。」尼米特說。

「游泳池？這家飯店裡不是已經有大游泳池了嗎？我聽說是這樣。」

「飯店的游泳池很擁擠。我聽拉帕波特先生說，Doctor是真正會游泳的，所以我在附近找到一家可以比賽的標準池。雖然要收費，但並不貴。我想您一定會滿意。」

約翰・拉帕波特，是這次幫皋月安排泰國旅行的美國朋友。從高棉紅軍發威以來，一直以新聞特派員身分在東南亞到處轉，在泰國人面也廣。就是他介紹尼米特當導遊兼司機給她的。「妳什麼都不用想。只要默默的把一切交給這個叫尼米特的人，一切就會順利進行。他是個不簡單的人物噢。」拉帕波特開玩笑地跟她說。

「我明白了。就交給你辦吧。」皐月向尼米特說。

「那麼明天早上十點見。」

皐月把行李打開，把洋裝和裙子的皺折撫平掛在衣架上，然後換上泳衣到游泳池畔去。確實如尼米特說的那樣，這不是讓人認真游泳的池子。葫蘆形，中央有美麗瀑布，淺的地方有一些小孩在玩投球。她放棄游泳，在太陽傘下躺下來，點了沛綠雅調的堤歐佩佩飲料，繼續讀約翰・勒卡雷（John le Carré）的新小說。書讀累了，就把帽子蓋在臉上睡一下。她夢見兔子。很短的夢。在一間圍著鐵絲網的小屋裡一隻兔子在發抖。時刻是半夜，兔子似乎預感到某種東西將要來臨的樣子。她剛開始是從外面觀察那隻兔子，但不知不覺間自己已經變成兔子了。她在黑暗中可以隱約辨認出那什麼的身影。醒來後，嘴巴還殘留著討厭的味道。

她知道那個男人住在神戶。也知道他家的住址和電話號碼。她從來沒有失去過那個男人的行蹤。地震過後皋月曾經馬上打電話到他家看看，當然電話不通。她想最好他房子被壓得扁扁的。最好他全家變成身無分文流落街頭。一想到你對我的人生所做的事情，一想到你對我本來應該出生的孩子們所做的事情，得到這樣一點報應也是活該的。

尼米特幫她找到的游泳池在離飯店三十分鐘車程的地方。翻過一座山，山頂附近有一片住著很多猴子的森林。灰毛猴子沿著道路排隊坐著，好像在為跑過的車子占卜運氣似的眼光一直瞪著瞧。

游泳池在一片寬廣的土地中，四周圍著高高的圍牆，設有沉重的鐵門。尼米特搖下駕駛座的玻璃窗打招呼時，警衛二話不說就打開門。開進鋪了細石的車道後，有一棟兩層樓的石砌建築，建築物後面有一座長型的游泳池。雖然有點舊了，但卻是個三水道二十五米長的正式標準池。四周圍著草坪庭園和樹林，水很美，沒有人影。游泳池畔排著幾張古老的木製躺椅。周遭靜悄悄的，感覺不到有人的動靜。

「怎麼樣啊？」尼米特問。

「好棒啊。」皐月說。「這裡是運動俱樂部還是什麼？」

「類似那樣的地方。不過因為某種原因，現在幾乎沒有人在用。所以請妳一個人盡量暢快地游。我都交代過了。」

「謝謝。你真能幹。」

「不敢當。」尼米特說，無表情地一鞠躬。非常古風。

「那邊的小屋是更衣室，有洗手間和淋浴室。請隨便用。我在車子附近等候，如果有什麼事情請叫我一聲。」

皐月從年輕時候開始就喜歡游泳，一有時間就跑到健身房的游泳池去。還向教練學會正確的姿勢。在游泳時，可以把腦子裡各種討厭的記憶都趕走。長久游著之間，心情會覺得自己好像變成鳥在天空飛一樣自由自在。因為一直持續做適度的運動，從來沒有病倒過，沒有感覺身體不舒服過。身上也沒有多餘的贅肉。當然跟年輕時候不同，肉不可能那麼削瘦緊繃。尤其腰的周圍免不了長一圈厚厚的肉。不過也不能奢求了。又不是想當廣告模特兒。看起來應該比實際年齡年輕五歲以上，她想這樣應該已經很難得了。

到了中午，尼米特用銀盤子端著冰茶和三明治為她送到池畔來。整整齊齊切成小三角形，生菜和起司的三明治。

「這是你做的嗎？」皋月驚訝地問。

尼米特聽了表情稍微放鬆一下。「不，Doctor，我不會做吃的。是請別人做的。」

本來想問請誰，又作罷。就像拉帕波特說過的那樣，不用說話全部交給尼米特去辦，一切都會順利進行。很不錯的三明治。吃完休息一下，用帶來的隨身聽，聽著向尼米特借來的Benny Goodman的六重奏錄音帶，看書。下午又再游了一下，三點左右回飯店。

五天之間每天重複做一模一樣的事。她很過癮地游，吃生菜起司三明治，聽音樂，看書。除了游泳池哪裡都沒去。她所求的是完全的休息，什麼都不想。

在那裡游泳的，總是只有皐月一個人。山間的游泳池，不知道是不是汲取地下水來用的，冰涼冰涼的，剛開始游時呼吸都快停止了，不過來回游幾趟後，身體暖和起來溫度變得剛剛好。自由式游累了，就把蛙鏡拿掉，改游仰式。天上飄著白雲，鳥和蜻蜓橫切而過。如果能永遠這樣該多好，皐月想。

「你是在什麼地方學英語的？」在從游泳池回去的車上皐月試著問尼米特。

「我有三十三年之間在曼谷市內，當一位挪威珠寶商的司機，我跟他一直用英語對話。」

原來如此，皐月明白了。這麼說，她在巴爾的摩醫院上班時，有一位同事就是丹麥醫師，講的正好是一樣的英語。文法明確，腔調很淡，很少俗語。很容易懂，乾淨俐落，稍微缺少一點趣味。但來到泰國，居然聽到挪威腔的英語，感覺還真不可思議。

「這位先生喜歡爵士樂，坐車的時候總是放爵士錄音帶聽。因此連當司機的我，也自然開始親近爵士樂。三年前他去世時，這輛車子連錄音帶就讓給了我。現在放的也是那些帶子裡的一捲。」

「你的老闆去世，然後你獨立出來，開始做起外國人的導遊兼司機的職業是嗎？」

「沒錯。」尼米特說。「泰國有不少導遊兼司機，但自己擁有賓士車的大概只有我吧。」

「你一定深得他的信任。」

尼米特沉默了很久。看起來好像不知道該怎麼回答才好似的。然後才開口說。「Doctor，我是單身漢。從來沒有結過婚。三十三年之間，我可以說好像一直做他的影子一樣過著日子。跟他去他所到的每一個地方，幫他做他所做的每一件事。幾乎變成他的一部分一樣。那樣的生活繼續下來，逐漸搞不清楚自己本來真心想追求什麼了。」

尼米特稍微轉大汽車音響的音量。音色寬厚的中低音薩克斯風正在獨奏著。

「就像這音樂也一樣。他曾經跟我說：『尼米特，你好好聽這音樂。Coleman Hawkins即興演奏的那一段你一節一節仔細地聽噢。他想用那一段告訴我們什麼，你仔細用心聽。他想說的是，打從內心想要逃出來的自由靈魂的故事。這樣的靈魂我心中有，你心中也有。你聽，那聲音中聽得出來吧？那熱切的吐氣，那內心的顫動。』我反覆聽這曲子無數次，一直仔細聽，聽出靈魂的聲音。但真的是我自己的耳朵聽出來的嗎？我無法確定。跟一個人長久在一起，聽從他的話之後，在某種意義上已經變成一心同體了。我說的妳能明白嗎？」

「也許。」皐月說。

聽著尼米特的說法之間，皐月忽然想到他跟老闆之間也許是同性戀關係。當然只是憑直覺推測。並沒有根據。不過這樣假定的話，就覺得似乎可以理解他想說什麼了。

「不過我一點也不後悔。如果人生可以重來一次的話，我可能還是會重複一樣的事。完全一樣的事。妳呢，Doctor？」

「我不知道，尼米特。」皐月說。「我無法想像。」

尼米特沒有再多說什麼。他們穿過有灰色猴子的山，回到飯店。

明天就要回日本的最後一天，從游泳池回來途中，尼米特帶皐月到鄰近的村子去。

「Doctor，我想請您幫個忙。」尼米特對後視鏡中的她說。「一個私人的請求。」

「是什麼樣的事？」皋月說。

「可以給我大約一小時的時間嗎？我想帶妳到一個地方去。」

可以呀，皋月說。也沒問那是什麼樣的地方。從前一陣子開始她已經決心把一切都交給尼米特去安排了。

那個女人住在村子最偏遠的小屋子裡。一個貧窮的村子，一棟貧窮的房子。山坡上一層層重疊相連的狹小水田，瘦瘦的骯髒家畜。路上處處是水漥，到處散發牛糞的氣味。露出性器的公狗在附近徘徊，50 CC的機車發出巨大聲音，猛往馬路兩旁彈出泥巴。接近赤裸的孩子們成排站在路邊，一直瞪著尼米特和她通過馬路。皋月非常驚訝居然有這樣貧窮的村莊，就在那高級休閒飯店附近。

是一位年老的女人。也許已經接近八十歲了。皮膚黝黑像粗糙的舊皮革一樣，深刻的皺紋化成溪流遍布全身。彎腰駝背，穿著一件不合尺寸的寬鬆花洋裝。尼米特看見她，就雙手合十打著招呼。女人也同樣雙手合十。

皐月和老女人隔桌面對面坐下，尼米特則坐在旁邊。尼米特和老女人首先一連談了一陣子話。跟年齡比起來聲音相當有力。牙齒也好像好好的沒掉的樣子。然後老女人才轉過頭來筆直向前，看皐月的眼睛。好銳利的眼神。眨都不眨一下。被她一看，好像被放進一個狹小房間無處可逃的小動物一樣，心情變得很不安。她不知不覺全身冒汗。臉發熱，呼吸急促起來。她想從皮包拿藥出來吃。可是沒有水，礦泉水留在車上沒帶出來。

「請把雙手放在桌子上。」尼米特說。皐月照他說的做。老女人伸出手，拿起皐月的右手。雖然小但很有力的手。大約十分鐘（或者只是兩、三分鐘也說不定），老女人什麼也沒說，握著皐月的手，注視著她的眼睛。皐月無力地回看老女人的眼睛，偶爾用左手的手帕擦擦額上的汗。老女人終於嘆一口大氣，放開皐月的手。然後轉向尼米特，用泰國話說了一連串什麼。尼米特把那翻譯成英語。

「她說妳身體裡面有石頭。白色堅硬的石頭。大小差不多像小孩的拳頭。她不知道那是哪裡來的。」

「石頭？」皐月說。

「石頭上寫著字，但因為是日文，她沒辦法讀出來。用黑墨寫著小小的什麼字。因為那是舊東西，所以妳大概已經懷著那生活了很多年吧。妳必須把那石頭丟掉才行。不然妳死了燒掉以後，那石頭還會留下。」

老女人這次轉向皐月，用很慢的泰國話拉長地說。從聲音的音調可以知道那是內容很重要的話。尼米特又翻譯成英語。

「妳最近不久，會夢見一條大蛇。蛇從牆壁的洞慢慢鑽出來的夢。全身是鱗片的綠色大蛇。當那蛇現身一公尺左右時，妳就抓住牠的頭。抓緊不可以鬆手。蛇猛一看很可怕，不過卻是無害的蛇。所以妳不要怕。用雙手抓緊。妳就想成那是妳的命。要用盡全力抓住。一直抓到妳醒來為止。那隻蛇會幫妳吞掉那石頭。明白了嗎？」

「可是，那到底……」

「請妳說妳明白了。」尼米特用很嚴肅的聲音說。

「明白了。」皐月說。

老女人安靜地點點頭。然後又轉向皐月說了什麼。

「那個人沒有死。」尼米特翻譯說。「一點也沒受傷。雖然那或許不是妳所希望的，但對妳來說真的很幸運。請感謝自己的幸運。」

老女人又向尼米特短短說了什麼。

「完了。」尼米特說。「回飯店吧。」

「那是不是類似占卜之類的？」在車上皐月問尼米特。

「不是占卜，Doctor。就像妳治療人們的身體一樣，她治療人們的心。尤其主要是預言夢。」

「那麼應該留下謝禮才對呀。事情太突然我嚇一跳，完全忘了這件事。」

尼米特一面正確地切轉著方向盤，一面在山路上轉著銳角轉彎。

「我已經付過了。不是很高的費用，妳不必掛心。請把這當作我個人對Doctor的一點好意。」

「你都帶你所導遊的人去那裡嗎？」

「沒有，Doctor，我只帶妳一個人去。」

「為什麼？」

「因為妳很美麗，Doctor。既聰明，又堅強。不過看起來總像有心事的樣子。往後妳必須準備慢慢邁向死亡。往後，如果妳只把力氣分很多給生，會不能好好死的。要一點一點逐漸轉換才行。生和死，在某種意義上是等價的，Doctor。」

「嘿，尼米特。」皋月摘下太陽眼鏡，身體從助手席靠背往前伸出說。

「什麼事，Doctor？」

「你已經做完好好死的準備了嗎？」

「我已經死掉一半了，Doctor。」尼米特好像理所當然似地說道。

那天夜裡，在寬大清潔的床上皋月哭了。她認識到自己正慢慢邁向死亡的事實。認識到身體裡面有白色堅硬石頭的事實。認識到全身鱗片的綠蛇正躲在黑暗中某個地方。想到沒有出生的孩子。她抹殺了那孩子，投進無底的井裡。而且她持續恨一個男人達三十年之久。希望他痛苦掙扎而死。因此在心底甚至希望發生地震。在某種意義上，引起那地震的是我。那個男人把我的心變成石頭，把我的身體變成石頭了。在遙遠的山中灰色的猴子們正無言地凝視著她。生和死，在某種意義上是等價的，Doctor。

在機場櫃檯把行李托運完之後，皐月把放在信封裡的百元美鈔拿給尼米特。「謝謝你。託你的福我過了一個很愉快的休假。這是我個人的一點謝禮。」她說。

「謝謝妳費心，Doctor。」說著尼米特收下來。

「尼米特。有沒有時間你跟我兩個人到什麼地方喝一杯咖啡？」

「樂意奉陪。」

兩個人走進咖啡廳喝咖啡。皐月喝黑咖啡，尼米特加很多奶精喝。

皐月把杯子在碟子上一圈一圈地轉著。

「老實說，我有一個到現在為止從來沒對人說過的祕密。」皐月向尼米特坦白。「我一直說不出口。我一個人抱著這個祕密活著。不過今天，我想說給你聽。因為我想我大概不會再見到你了。我父親突然死了以後，我母親完全沒有跟我商量就……」

尼米特把雙手的手掌向著皋月。並用力搖頭。「Doctor，拜託。不要再說下去了。就像那個女人說的那樣，請妳等夢。我了解妳的心情，不過一旦化為語言，那就會變成謊言。」

皋月把話吞回去，默默閉上眼睛。深深吸一口氣，再吐出來。

「等夢，Doctor。」尼米特像在勸告她似的溫柔地說，「今天妳需要忍耐。把語言捨棄吧。語言會變成石頭。」

他伸出手靜靜握住她的手。光滑得不可思議，觸感年輕的手。簡直像被包在高級手套裡一直被保護到現在似的。皋月睜開眼睛看他的臉。尼米特放開手，手指在桌上交握。

「我的挪威老闆是拉布蘭（Lapland）出身的。」尼米特說。「我想妳也知道，拉布蘭在挪威也是屬於最北端的地方。很接近北極，有很多馴鹿。夏天沒有夜晚，冬天沒有白天。他也許受不了那寒冷才跑到泰國來的。因為可以說是正相反的地方。他愛泰國，決心埋骨在這個國家。但是一直到死那天為止，他都很懷念自己生長的拉布蘭故鄉的小鎮。他常常講那小鎮的事情給我聽。雖然如此，三十三年之間，他一次也沒有回去挪威過。一定是在那裡發生過什麼特別的事吧。他也是身體裡有石頭的人。」

尼米特拿起咖啡杯喝了一口，然後很小心不發出聲音地放回碟子上。

「有一次，他跟我談到北極熊。告訴我北極熊是多麼孤獨的生物。牠們一年只交尾一次。一年只有一次。像夫婦這種關係，在他們的世界是不存在的。在冰天雪地的大地上一頭公的北極熊和一頭母的北極熊偶然相遇，於是進行交尾。並不是多長的交尾。行為結束後，公的就像害怕什麼似的很快從母的身上跳下來，從交尾現場跑著逃開。名副其實的一溜煙就散了，頭也不回地逃掉。而且接下來的一年之間都活在深深的孤獨中。相互間完全沒有所謂溝通之類的事情存在。彼此也沒有心的碰觸。這就是北極熊。不管怎麼說，至少這是我的老闆告訴我的。」

「真是不可思議啊。」皐月說。

「確實。不可思議。」尼米特以一本正經的臉色說。「那時候我問我老闆。那麼北極熊到底為什麼而活呢？於是我老闆臉上露出正中下懷的微笑，反問我說『嘿，尼米特，那麼我們又是為什麼而活的呢？』」

飛機起飛後請繫安全帶的燈號熄滅。就這樣我又要回日本去了，皐月想。她打算想一想今後的事，又打消。語言會變成石頭，尼米特說。她深深靠進座椅裡，閉上雙眼。於是想起在游泳池裡仰泳時所望見天空的顏色。想起Eroll Garner所演奏〈I'll Remember April〉的旋律。她想睡吧。總之只要睡。並等待夢的來臨。

青蛙老弟，救東京

片桐回到公寓的房間時，一隻巨大的青蛙正在等他。用兩隻後腿站直起來身高有二公尺以上。體格也不錯。身高只有一公尺六十公分身材瘦小的片桐，被那堂堂的外表壓倒了。

「請叫我青蛙老弟。」青蛙以嘹亮的聲音說。

片桐一時說不出話，張著嘴巴呆站在門口。

「請不要這樣吃驚。我不會害你的。進來把門關上吧。」青蛙說。

片桐右手提著公事包，左手抱著裝青菜、鮭魚罐頭的超級市場紙袋，一步都沒有移動。

「嘿，片桐兄。快點關門，脫鞋子啊。」

片桐被叫到名字終於回過神來。依照吩咐把門關上，把紙袋放在地板上，公事包仍然夾在腋下脫了鞋子。並在青蛙的引導下到廚房餐桌前的椅子上坐下。

「片桐兄，」青蛙說。「你不在家的時候我擅自進來，真對不起。你一定嚇了一跳。可是我除了這樣做之外沒有別的辦法。怎麼樣，要不要喝杯茶？我想你差不多快回來了，所以我已經先燒好開水。」

片桐還把公事包緊緊夾在腋下。這到底在開什麼玩笑？是誰穿著動物裝躲在裡面尋我開心嗎？不過看那一面哼著歌一面往茶壺注入開水的青蛙身材和動作，怎麼看都是真的青蛙。青蛙把一個茶杯放在片桐前面，一個放在自己前面。

「有沒有鎮定一點了？」青蛙一面啜著茶一面說。

片桐還是說不出話來。

「本來應該事先約好才來的。」青蛙說。「這個我很明白，片桐兄。回到家一看，忽然一隻大青蛙在等你，誰都會嚇一跳的。不過因為有一件非常重要的急事。失禮的地方還請多多包涵。」

「有急事？」片桐終於能開口說出像樣的話了。

「是的。片桐兄。再怎麼說，沒有事情是不會隨便進到人家家裡的。我並不是那樣不懂禮貌的人。」

「跟我的工作有關的事嗎？」

「答案既是Yes，也是No。」青蛙歪著頭說。「是No，也是Yes。」

現在不能不鎮定下來，片桐想。「可以抽菸嗎？」

「當然當然。」青蛙笑眯眯地說。「這不是你家嗎？你不必一一問我。想抽菸想喝酒，你儘管請便。我自己雖然不抽菸，但在別人家裡主張拒菸權這種霸道事我是不會做的。」

片桐從大衣口袋拿出香菸，擦亮火柴。在香菸上點火時，發現自己的手在發抖。青蛙從對面的座位上，興趣濃厚地一直守望著這一連串的動作。

「你不會是跟某個幫派有關吧？」片桐乾脆鼓起勇氣問看看。

「哈哈哈哈哈哈。」青蛙笑了。開朗的大笑聲。並用有蹼的手在膝蓋上啪地拍一下。「片桐兄也真有幽默感。不是嗎？這個世間，就算人才多麼不足，哪裡會有黑道肯僱用青蛙的？如果這樣做豈不被人當笑話？」

「如果你是來跟我交涉貸款償還問題的話，沒有用噢。」片桐斷然說。「我個人完全沒有決定權。我只是聽從上面的決定，接受命令行動而已。不管什麼方式，我都幫不上你的忙。」

「片桐兄。」青蛙說著，一根手指立在空中。「我不是為了這種無聊小事到這裡來的。我知道你是東京安全信用金庫新宿支行融資管理課的裏理。但這跟還貸款沒有關係。我來這裡，是為了解救東京免於毀滅。」

片桐往四周看了一圈。也許被偷拍錄影之類的重大惡作劇設計了也不一定。但到處都沒看到攝影鏡頭。因為是很小的公寓房間。沒地方讓人藏身。

「這裡除了我們之外並沒有別人，片桐兄。你大概還以為我是個頭腦有毛病的青蛙吧。或者以為是不是在做白日夢。不過我既沒有瘋，這也不是白日夢。而是確確實實認真的事。」

「嘿，青蛙兄。」片桐說。

「青蛙老弟。」青蛙又再豎起一根手指更正。

「嘿，青蛙老弟。」片桐重新說。「我並不是不信任你。只是我還不太能掌握事態。現在這裡正在發生什麼事？我無法理解。所以，我可以問一點問題嗎？」

「當然當然。」青蛙說。「互相了解是非常重要的。有人說所謂理解只不過是誤解的總體，我也覺得那也是非常有趣的見解，不過很遺憾我們現在沒時間輕鬆的繞圈子。如果能以最短距離達成相互理解的話，是再好不過了。所以，有問題請儘管問。」

「你是真正的青蛙吧？」

「當然正如你所看到的是真正的青蛙。並不是暗喻或引用或虛構或樣本之類的麻煩東西。是實物的青蛙。要不要我叫給你聽聽看？」

青蛙朝著天花板，喉嚨大大振動。呱呱、嗚咕、呱呱呱呱呱呱呱、嗚咕。好大的聲音。掛在牆上的匾額都抖啊抖的歪掉了。

「我知道了。」片桐趕快說。因為是牆壁很薄的便宜公寓。「好了。你確實是真的青蛙。」

「或者你也可以稱我為身為青蛙的總體。不過就算是這樣，我是青蛙的事實並沒有改變。如果有人說我不是青蛙的話，那傢伙就是骯髒的說謊者。絕對要粉碎他。」

片桐點點頭。而且為了讓情緒鎮定下來，拿起茶杯喝了一口茶。

「你說你想防止東京毀滅對嗎？」

「是說過。」

「那到底是哪一類的毀滅？」

「地震。」青蛙以沉重的聲音說。

片桐張開嘴看著青蛙。青蛙也暫時不說話地看著片桐的臉。兩個人互相注視著。然後青蛙開口說。

「非常非常大的地震。地震預定在二月十八日早晨八點半左右襲擊東京。也就是三天後噢。那會比上個月的神戶大地震更大。因為這地震而死亡的人數推測會達到十五萬人。其中很多是在上班尖峰時段交通設施脫軌、翻覆、衝撞事故中發生的。高速公路崩潰、地下鐵崩垮、高架電車滾落、石油輸送車爆炸。大樓化成瓦礫山，壓扁了人。到處冒出火焰。道路機能全都毀壞，救護車和消防車全部癱瘓化為無用的東西。人們只能平白地死去。死者十五萬人噢。簡直是地獄。人們應該會重新認清所謂都市這種集約狀況是多麼脆弱的東西。」青蛙這樣說著輕輕搖搖頭。「震源就在新宿區公所旁邊，也就是所謂的內陸淺層地震。」

「新宿區公所旁邊？」

「說得正確一點，也就是在東京安全信用金庫新宿支行的正下方。」

沉重的沉默繼續著。

「那麼，也就是說」片桐說。「你打算要阻止那地震？」

「就是這樣。」青蛙點點頭說。「沒錯。我跟片桐兄一起下到東京安全信用金庫新宿支行的地下去，在那裡跟大蚯蚓戰鬥。」

片桐身為信用金庫融資管理課的職員，到目前為止曾經經歷過各種地獄的修羅場。大學畢業到東京安全信用金庫就職，從此以後的十六年間一直在做融資管理課的業務。換句話說就是負責催繳貸款的。這絕不是個受歡迎的單位。大家都想做放款的業務。尤其泡沫時代更是。因為那是個金錢氾濫的時代，只要有可做為擔保的土地或證券，融資負責人幾乎有求必應的要多少都借給你。那就成為業績。可是貸款有時候會不按期還，這時候出面處理就是片桐他們的工作了。尤其泡沫經濟破滅後，工作量急遽增加。首先是股價暴跌，然後是地價大跌。這樣一來擔保已失去本來的意義。「有一點也好，去搾一點回來吧。」這是上面的至上命令。

新宿歌舞伎町是暴力迷宮般的地方。有在地的流氓、也混雜有韓國系的暴力組織。有中國黑道幫派。手槍和麻藥氾濫。大量金錢不浮出檯面，而在暗中流動轉手。人像煙一般消失無蹤並不稀奇。片桐去督促催討貸款時，有幾次也被流氓包圍，威脅要殺他。但他並不害怕。你們殺了信用金庫的外務，有什麼用呢？要殺就殺。要射就射吧。他幸虧沒妻沒子，父母雙亡。弟弟妹妹都照顧到他們大學畢業，也讓他們結了婚。

現在自己在這裡被殺掉，誰也不會難過。不如說，片桐自己都不在乎。

不過片桐越是這樣冷汗都不流的不當一回事，包圍他的流氓反而覺得不自在。因此片桐在那個世界似乎以膽大包天的男人而逐漸小有名氣起來。但現在，片桐卻很徬徨，不知道該怎麼辦才好。這到底是怎麼回事？大蚯蚓？

「你說大蚯蚓到底是誰？」片桐戰戰兢兢地問。

「大蚯蚓住在地底下。是巨大的蚯蚓。一生起氣來就會發生地震。」青蛙說。「而現在大蚯蚓非常生氣。」

「大蚯蚓為什麼生氣呢？」

「不知道。」青蛙說。「誰也不知道大蚯蚓那黑漆漆的腦子裡在想什麼。幾乎沒有人看過大蚯蚓。他平常總是貪圖長睡。在黑暗而溫暖的地底下，一連昏睡個幾年、幾十年的。當然眼睛也退化了。腦漿在睡著時黏乎乎地逐漸溶化，變成別種不知道什麼東西。老實說，我推測他什麼也沒在想。我想他只是把身體所感覺到的遠方傳來的聲響和震動一一吸收儲存起來而已。而那些之中很多由於某種化學作用，轉換成憎恨的形式。不知道為什麼會這樣。這是我無法說明的事。」

青蛙看著片桐的臉，沉默了一會兒。等他說的話進入片桐腦子裡。然後又繼續說。

「請不要誤會，我個人對大蚯蚓並沒有反感或敵意。也不認為他是惡勢力。雖然沒有想到要跟他做朋友，或怎麼樣，不過我想像大蚯蚓這種存在，在某種意義上，對世界應該是有也沒關係的吧。因為世界就像個大外套一樣，上面需要各種形狀的口袋。但現在的他，卻變成不能放任不管的危險存在了。大蚯蚓的身體和心，長久以來所吸收儲存的各種憎恨，已經膨脹到前所未有的巨大了。而且由於上個月的神戶大地震，他舒服的深沉長眠突然被打破。因此他得到一個被震怒所挑起的啟示。而且下定決心，好吧，我也在這東京都內引發一個大地震吧。關於時間和規模，我從幾隻要好的蟲子那裡得到確實情報。不會錯。」

青蛙閉上嘴巴，好像說累了似的輕輕閉上眼睛。

「所以，」片桐說。「你跟我兩個人要鑽進地下去，跟大蚯蚓戰鬥，以阻止地震發生。」

「沒錯。」

片桐拿起茶杯，又再放回桌上。「我還搞不太清楚，為什麼是我被選為你的搭檔呢？」

「片桐兄，」青蛙一直注視著片桐的眼睛說。「我一向都很敬佩你這個人。這十六年間你接下人家不想做的不起眼而危險的工作，一直默默地做下來。這是多麼不容易的事，我非常了解。很遺憾我不認為你的上司和同事，對你的工作表現給過適當評價。他們一定沒長眼睛。可是你不管不被認可也好，不能出人頭地也好，卻從來不抱怨。

「不只工作上這樣。你父母死了以後，你一個人還把才十幾歲的弟弟妹妹扶養大，供他們到大學畢業，甚至照顧到他們結婚。因此自己的時間和收入都不得不大幅犧牲，你自己都沒辦法結婚。可是你弟弟妹妹對你的照顧卻一點也不知道感恩。一分一毫也沒有感謝。相反的，還看不起你，淨做些忘恩負義的事。讓我說的話，怎麼可以這樣。真想幫你揍揍他們。可是你卻好像不生氣的樣子。

「老實說，你並沒有什麼風采。口才也不好。所以往往被周圍的人輕視。不過我很清楚。你是個有情有義，有勇氣的人。雖然說東京很大，但要找並肩作戰的夥伴，我能信任的人則非你莫屬。」

「青蛙兄。」片桐說。

「青蛙老弟。」青蛙又豎起手指更正。

「青蛙老弟。你為什麼這麼清楚我的事呢？」

「我當青蛙這麼久可不是白幹漂亮的。世上該看的事情我都好好見識過了。」

「可是，青蛙老弟，」片桐說。「我的腕力既不強，對地底的事也一竅不通。在黑暗中要跟大蚯蚓對抗，我想還是不夠力。其他還有比我強的人吧。練空手道的人，或自衛隊的特種奇襲部隊之類的。」

青蛙的大眼睛打了一轉。「片桐兄，實際的戰鬥任務由我來負責。可是我沒辦法一個人戰鬥。這是最關鍵的地方。我需要你的勇氣和正義。我需要你在背後聲援我『青蛙老弟，加油。沒問題。你會戰勝。你是對的。』」

青蛙老弟雙手大大的張開，然後又一下收回來放在雙膝上。

「我老實告訴你，其實我也害怕在黑暗中跟大蚯蚓戰鬥。長久以來我喜歡藝術，以和自然一起生活的和平主義者活到現在。我一點也不喜歡戰鬥。但因為是不得不做的事所以我才做。想必會是很慘烈的戰鬥。也許無法活著回來。也許會失去身體的一部分。但我不會逃走。就像尼采所說的那樣，至高的善之悟性，即心無所懼。我希望你做的，就是分給我一些你那大無畏的勇氣。把我當一個朋友，真心支持我。你明白嗎？」

話雖然這麼說，片桐還是有一大堆不明白的地方。但不知道為什麼，他覺得青蛙所說的話——不管那內容聽起來是多麼的超現實——好像都可以相信的樣子。青蛙的長相和說話的樣子，有一種坦然傳到人心坎裡去的正直。對於在信用金庫的最強悍部門上班的片桐來說，感覺得到這種東西的能力，可以說是他所具備的第二天性。

「片桐兄，像我這樣的大青蛙突然出現在這裡，提出這樣的事，要你完全相信，我想你一定也很傷腦筋。連我也覺得這是理所當然的反應。所以我讓你看一個我確實存在的證據。片桐兄，最近你是不是正在為東大熊商事的融資賴帳不還而煩惱呢？」

「確實是。」片桐承認。

「背後有跟黑道掛勾的總會，陰謀讓公司破產，想把借款一筆勾銷。

也就是所謂造成呆帳。融資負責人沒做好調查就隨便把錢貸出去。照例擦屁股的工作又落到片桐兄頭上。可是這次的對象卻很強硬，不太好搞。背後隱約藏著有力政治家。貸款總額約七億圓。這樣說可以嗎？」

「沒錯。」

青蛙雙手在空中大大地張開。大大的綠色撥水蹼，像淡淡的羽翼般刷一下展開。「片桐兄，你不用擔心。交給我這青蛙老弟來辦。明天早晨一切問題都會解決。你安心睡吧。」

青蛙站起來，微微一笑，就變成魷魚乾般扁扁的，從關著的門縫下滑溜溜地溜出去了。片桐一個人留在房間裡。雖然桌上還留著兩個茶杯，但除此之外沒有留下任何顯示青蛙曾經來過這個房間的東西。

第二天早晨九點到公司後，他桌上的電話立刻響起來。

「片桐先生。」男人說。事務性冷冰冰的聲音。「我是負責東大熊商事案子的律師白岡。今天早晨我的客戶跟我聯絡，說關於這次成為懸案的貸款事件，會依照你們要求的金額，負責按期償還。關於這個也會附上約定字據。所以請不要再叫大青蛙到那邊去。我再說一次，請你拜託大青蛙不要再去那邊了。雖然詳細情形我不太清楚，但我這麼說，片桐先生可明白了嗎？」

「我明白。」片桐說。

「我所說的事情，你可以幫我確實轉告大青蛙吧。」

「我會確實轉告大青蛙。大青蛙不會再去那邊了。」

「很好。那麼字據我明天之前會準備好。」

「麻煩你。」片桐說。

電話掛上。

那天中午休息時間青蛙到信用金庫的片桐辦公室來。「怎麼樣，東大熊商事的案子進行順利吧？」

片桐急忙看看四周。

「沒問題。我的身影只有片桐兄看得見。」青蛙說。「不過這樣一來你可以了解我確實存在了吧。我並不是你幻想的產物。而是實際能行動，能產生效果的，活生生的存在。」

「青蛙兄。」片桐說。

「青蛙老弟。」青蛙豎起一根手指更正說。

「青蛙老弟。」片桐重新說。「你對他們做了什麼？」

「也沒做什麼了不起的事。我所做的只是，比煮高麗菜芽稍微麻煩一點的程度。稍微威脅他們一下。我給他們的是精神上的恐怖。就像約瑟夫．康拉德所寫的那樣，真正的恐怖是人對自己的想像力所懷有的恐怖。不過怎麼樣？片桐兄，事情順利解決了吧？」

片桐點點頭，點起香菸。「好像是。」

「那麼我昨天晚上說的事你相信了吧？肯不肯跟我一起去跟大蚯蚓戰

鬥？」

片桐嘆一口氣。並把眼鏡摘下來擦。「老實說我實在提不起勁，可是又不能避免是嗎？」

青蛙點點頭。「這是責任和榮譽的問題。不管多提不起勁，我跟片桐兄都不得不鑽進地下去，跟大蚯蚓對抗。萬一鬥輸了命丟了，誰也不會同情。就算順利把大蚯蚓擊退了，也沒有誰會誇獎我們。因為人們連腳底下曾經有過這樣的戰鬥都不知道。知道的，只有我和片桐兄而已。再怎麼樣都是孤獨的戰鬥。」

片桐看著自己的手一會兒，望著從香菸往上冒的煙。然後說。

「嘿，青蛙兄，我是一個平凡人。」

「青蛙老弟。」青蛙這樣更正。但片桐沒理他。

「我是一個非常平凡的人。不，比平凡還差。頭髮開始禿了，肚子也凸出來了，上個月已經四十歲。扁平足，健康診斷還說有糖尿病傾向。

上一次跟女人睡覺已經是三個月前了。而且對象還是職業的。在催討貸款方面雖然在部門內稍微受到肯定，卻沒有人因此而尊敬我。無論在職場或私生活上，沒有一個人對我有好感。我口才不好，又認生，因此也沒辦法交到朋友。運動神經是零、是音樂白痴、個子小、包莖、近視。而且還有亂視。很糟糕的人生。只是在睡覺起床吃飯拉屎而已。到底為什麼而活，我也不知道。為什麼非要這樣的人救東京不可呢？」

「片桐兄，」青蛙以神祕奇怪的聲音說。「只有你這種人才能救東京。而且就是為了你這種人我才想要救東京的。」

片桐再一次深深嘆一口氣。「那麼，我到底該做什麼才好呢？」

青蛙告訴他計畫。二月十七日（也就是地震預定發生的前一天）午夜，潛到地底下。入口在東京安全信用金庫新宿支行的地下鍋爐室。拆開牆壁的一部分就有一個直立豎穴，用繩梯沿著那洞穴下降五十公尺後，就到達大蚯蚓的所在地。兩個人午夜在鍋爐室會合（片桐以加班為理由留在大樓裡）。

「有沒有戰鬥的作戰策略之類的？」片桐問。

「有策略。如果沒有策略不可能勝對方。因為畢竟是嘴巴和肛門都分不清的滑溜溜的傢伙，大小有山手線電車的車輛那麼巨大。」

「什麼樣的策略？」

青蛙沉思了一會兒。「這個還是不說為妙。」

「你是說最好別問比較好嗎？」

「可以這麼說。」

「如果我到最後關頭，突然害怕起來逃出現場，青蛙兄該怎麼辦？」

「青蛙老弟。」青蛙更正。

「青蛙老弟該怎麼辦？如果那樣的話。」

「一個人戰鬥。」青蛙想了一下後說。「我一個人要戰勝那傢伙的機率，也許只比安娜・卡列妮娜要戰勝衝過來的火車頭的機率稍微高一點的程度。片桐兄讀過《安娜・卡列妮娜》嗎？」

片桐說沒讀過，青蛙臉上表情有一點遺憾的樣子。他想必很喜歡《安娜・卡列妮娜》。

「不過我想片桐兄不會丟下我一個人自己逃出去。這種事我知道。怎麼說好呢，那是睪丸的問題。很遺憾我沒有睪丸。哈哈哈哈。」青蛙張開大嘴巴笑了起來。青蛙不只沒有睪丸，連牙齒都沒有。

發生了一件出乎意料之外的事情。

二月十七日傍晚片桐被槍擊。他跑完外務，正準備回信用金庫，走在新宿街頭時，一個穿著皮夾克的年輕男人突然衝到他面前。一個缺乏表情，長相單薄的男人。看得見他手上握著黑色小手槍。手槍實在太黑，實在太小了，因此看起來不像真的手槍。片桐呆呆看著那手中的黑色東西出神。那尖端對著自己，現在真的正要扣扳機了，他竟然沒有什麼真實感。一切都來得未免太無意義太唐突。但那卻發射了。

他看到槍口因為反作用力往空中彈升起來。同時右肩口感到像被鐵鎚猛敲一記似的衝擊。沒感覺痛。片桐被那衝擊一撞而往後彈退跌倒在路上。右手拿著的公事包則往反方向彈出去。男人再一次把槍口對準他。發射第二槍。他眼前擺著的一塊小吃店活動看板頓時化為粉碎。他聽見人們的大叫聲。眼鏡不知道飛到什麼地方去，眼前風景模糊一片。他可以朦朧地看見男人舉著槍往這邊走近。片桐想，啊我快要死了。所謂真正的恐怖是人對自己的想像力所懷抱的恐怖，青蛙老弟這樣說過。片桐毫不遲疑地關掉想像力的開關，沉進無重量的安靜中去。

醒過來時，片桐躺在床上。他先睜開一隻眼睛，悄悄望一下四周，然後睜開另一隻眼睛。首先進入視野的是，放在枕邊的不鏽鋼支架，從那裡往他身體延伸出打點滴的塑膠管。也看得到穿著白衣的護士身影。自己正仰臥在硬硬的床上，並知道自己身上穿著奇怪的衣服。衣服底下似乎是全裸的。

對了，我正走在路上時被人開槍打中。應該是肩膀被擊中。是右肩。當時的光景在腦子裡重現。他想起年輕男人手中那小小的黑色手槍時，心臟便發出不祥的聲音。那些傢伙真的想殺我，片桐想。不過好像總算沒死的樣子。記憶也還清楚。不覺得痛。不，不只是痛，連感覺都完全沒有。連手都舉不起來。

病房沒有窗戶。不知道是白天還是晚上。被槍擊時是傍晚的五點前。然後到底經過了多久時間？是不是已經過了和青蛙約定的半夜了呢？片桐在房間裡找時鐘。但眼鏡掉了，因此片桐看不清楚遠一點的任何東西。

「不好意思。」片桐向護士出聲招呼。

「啊，你終於醒了。真好。」護士說。

「現在幾點？」

護士看看手錶。「九點十五分。」

「晚上嗎？」

「不是啦，已經早上了。」

「早上的九點十五分？」片桐從枕頭上稍微抬起頭來，以沙啞的聲音說。那聲音聽起來不像自己的聲音。「二月十八日的早上九點十五分嗎？」

「是啊。」她為了慎重起見，舉起手確認電子鐘的日期。「今天是一九九五年的二月十八日。」

「今天早晨，東京沒發生大地震嗎？」

「東京嗎？」

「東京。」

護士搖搖頭。「就我所知，並沒有發生大地震。」

片桐放心地嘆一口氣。不管發生了什麼，總算地震是迴避掉了。

「那麼我的傷怎麼樣呢？」

「傷？」護士說。「你說傷，什麼傷啊？」

「被槍擊的傷。」

「被槍擊的傷？」

「我被槍擊。在信用金庫入口附近，被一個年輕男人開槍。大概是右肩。」

護士嘴邊露出令人不舒服的笑。「真傷腦筋。片桐先生你並沒有被槍擊呀。」

「沒被槍擊？真的？」

「真的完全沒有被槍擊。就像今天早上沒有發生大地震一樣，是真的。」

片桐很尷尬。「那麼我怎麼會在醫院裡呢？」

「片桐先生昨天傍晚，被人家發現昏倒在歌舞伎町的路上。沒有外傷。只是失去知覺昏倒而已。關於原因，到目前為止還不清楚。等一下醫師會來，所以你跟他談談看。」

昏倒？片桐確實看到手槍對著自己發射。他大大的深呼吸一下試著在腦子裡整理頭緒。把事情一一弄清楚。

「妳是說，我從昨天傍晚開始一直躺在這家醫院的床上。失去知覺。」他說。

「是啊。」護士說。「你昨天晚上說了很多夢話噢，片桐先生。大概做了很多惡夢吧。好幾次大聲喊『青蛙老弟』。青蛙老弟是你朋友的綽號吧？」

片桐閉上眼睛仔細聽心臟的鼓動。那正緩慢而規則地刻著生命的律動。到底到哪裡是現實發生的事，從哪裡開始則屬於幻想的領域？青蛙老弟是確實存在的，他跟蚯蚓大戰之後阻止了地震的發生嗎？或者這一切只不過是漫長白日夢的一部分呢？片桐搞不清楚。

那天午夜青蛙老弟來到病房。片桐醒來時，青蛙就在微弱的燈光下。青蛙在鋼管椅子上坐下來，靠著牆壁。看來非常疲倦的樣子。蹦出眼眶的綠色大眼睛，瞇細成一條筆直的橫線閉了起來。

「青蛙老弟。」片桐呼喚他。

青蛙慢慢睜開眼睛。白色大肚子配合著呼吸一漲一縮的。

片桐說。「我本來要依照約定午夜到鍋爐室的。但傍晚發生了意外事故，被送到這家醫院來。」

青蛙輕輕點頭。「我知道。不過沒問題，你不用擔心。我戰鬥時片桐兄確實已經幫了我忙。」

「我幫了你忙？」

「是啊。片桐兄在夢中確實幫了我大忙。所以我才能跟大蚯蚓戰到最後打敗了他。這都要託片桐兄的福。」

「我不明白。我很長時間失去知覺，在打點滴。自己在夢中做了什麼，完全記不得。」

「那樣就好了，片桐兄。什麼都不記得最好。不管怎麼樣，一切激烈的戰鬥都是在想像力中進行的。那才是我們的戰場。我們就在那裡面戰勝，或敗北。當然我們每個人都是有限的存在，終究要敗下陣去。但就像海明威看透了的那樣，我們的人生不是看勝利方法，而是看失敗方法來判定最終價值的。我跟片桐兄總算阻止了東京的毀滅。總算讓十五萬人從死亡的虎口逃出來。雖然誰也沒發現，但我們辦到了。」

「你是怎麼打敗大蚯蚓的？而我又做了什麼？」

「我們拚了死命。我們……」青蛙在這裡閉上嘴巴，嘆了一口大氣。「我和片桐兄用手上能拿到的一切武器，使出一切勇氣。黑暗對大蚯蚓有利。片桐兄用搬進去的腳踏式發電機，在當場奮力踩著幫我放出明亮的光線。大蚯蚓驅使黑暗的惡勢力想把片桐兄趕出去。但片桐兄堅持踏到底。黑暗和光明激烈交戰。我在那光明中跟大蚯蚓格鬥。蚯蚓纏到我身上來，把黏乎乎的可怕液體往我身上灑。我把大蚯蚓切成細細一段段的。可是切成細細片段的蚯蚓還沒有死。他只是分解開了而已。然後——」

青蛙在這裡沉默下來。然後好像絞盡力氣似的又再開口。

「杜斯妥也夫斯基無比溫柔地描寫被神所捨棄的人們。創造出神的人類，卻被那神所捨棄，在這麼淒慘絕倫的悖論中，他看出人類存在的尊嚴。我在黑暗中一面跟大蚯蚓戰鬥，一面忽然想起杜斯妥也夫斯基的《白夜》。我……」青蛙的話停頓下來。「片桐兄，我可以睡一下嗎？我好累。」

「你好好睡吧。」

「我沒辦法打敗大蚯蚓。」說著青蛙閉上眼睛。「雖然總算阻止了地震，但跟蚯蚓的戰鬥我頂多只能算打成平手而已。我傷了大蚯蚓，大蚯蚓傷了我……不過，片桐兄」

「什麼？」

「我雖然是純粹的青蛙老弟，但同時我也是非青蛙老弟世界的表象。」

「我搞不懂。」

「我也不太懂。」青蛙還閉著眼睛說。「我只是這樣覺得而已。眼睛看得見的東西不一定是真的東西。我的敵人也是我自己心中的我。我自己心中有非我。我的頭腦好像一片混濁。火車頭衝過來了。可是我希望片桐兄能理解這個。」

「青蛙老弟，你太累了。好好睡一覺就會復原的。」

「我漸漸回到混濁裡去了。可是如果……我……」

青蛙老弟就這樣說不出話來了，進入昏睡中去。長長的雙手軟趴趴地垂到接近地板的地方，扁扁的大嘴巴輕輕張開。仔細一看，發現他渾身到處都是深深的傷痕。變色的筋布滿全身，頭的一部分裂開凹陷下去。

片桐長久看著被一層睡眠的厚衣所包住的青蛙老弟模樣。等我出院以後，去買《安娜・卡列妮娜》和《白夜》來讀讀看，片桐想。並跟青蛙老弟痛痛快快地談一談這些文學。

青蛙老弟終於開始一抖一抖地動起來了。剛開始片桐以為青蛙在睡著中身體搖動著。但不是這樣。青蛙就像一個被誰在背後操弄著的巨大人偶一樣，動得總有點不自然。片桐倒吸一口氣，仔細看著那樣子。他想站起來走到青蛙身旁。但身體麻痺，不聽使喚。

終於青蛙眼睛的正上方，變成巨大的瘤腫了起來。肩膀周圍和側腹部也長出同樣巨大的瘤像醜陋的水泡般腫起來。全身變成到處都是瘤。

片桐無法想像到底發生了什麼事。他停止呼吸守候著那光景。

然後突然一個瘤爆破了。發出砰一聲那個部分的皮膚飛散，噴出黏稠的液體，發出討厭的氣味。其他的瘤也陸續一一同樣爆開。總共二十或三十個瘤破裂，牆上濺滿皮膚碎片和液體。狹小的病房裡充滿了令人無法忍受的惡臭。瘤破裂後張開黑暗的洞，看得見從裡頭蠕蠕鑽動爬出大大小小蛆蟲般的東西。肥肥軟軟的白色蛆蟲。蛆蟲後面，又陸續爬出小蜈蚣般的東西。他們那無數的腳發出窸窸窣窣的可怕聲音。蟲子陸陸續續爬出來。青蛙老弟的身體——原來是青蛙老弟身體的東西——現在已經被各種各樣黑壓壓的蟲子整個密密麻麻地覆蓋住了。兩個大大的圓眼珠，從眼窩滾落到地上。擁有堅硬下顎的黑色蟲子爬上那眼球啃噬著。大群蚯蚓爭先恐後滑溜溜地爬上病房的牆壁，終於到達天花板。遮蔽了日光燈。鑽進火災警報器中。

地上也變得到處是蟲子。蟲子覆蓋了檯燈，遮住了光線。牠們當然也爬上床來。所有的蟲子都鑽進片桐床上的棉被裡來。蟲子爬上片桐的腳，鑽進睡衣裡面，爬進大腿股間。小蛆蟲和蚯蚓從肛門、耳朵和鼻子爬進體內。那些蜈蚣鑽開嘴巴，陸陸續續潛進去。片桐在強烈的絕望中大聲喊叫。

有人把電燈打開。室內溢滿光線。

「片桐先生。」護士出聲招呼。片桐在光亮中張開眼睛。身體像被潑了水般全身汗濕。已經沒有蟲子了。只有黏黏的討厭感觸還留在全身。

「你又作惡夢了噢？真可憐。」護士俐落地準備打針，在他的手臂上刺針。

片桐深深吸一口長氣，然後吐出。心臟強烈地收縮、擴張。

「你到底作了什麼樣的夢？」

什麼是夢什麼是真，他分不出界線。「眼睛看得見的東西不一定是真的東西。」片桐好像在對自己說似的這樣說。

「是啊。」護士說著微笑了，「尤其是作夢的時候噢。」

「青蛙老弟。」他喃喃地說。

「青蛙老弟怎麼樣了？」

「青蛙老弟就靠他一個人，救了東京免於地震的毀滅。」

「那真是萬幸了。」護士說。並換了一瓶新的點滴液。「真是萬幸了。東京淒慘的事情不需要再增加，現在都已經夠多了。」

「可是青蛙老弟卻因此受傷了，消失了。或者回到原來的混濁裡去。已經回不來了。」

護士還帶著微笑，用毛巾幫片桐先生擦擦額上的汗。「片桐先生一定很喜歡青蛙老弟對嗎？」

「火車頭，」片桐舌頭糾結含糊不清地說，「比誰都喜歡。」然後閉上眼睛，沉入沒有夢的安靜睡眠中。

蜂蜜派

1

「小熊正吉採集到多得吃不完的蜂蜜，他把這裝進桶子裡，下山到街上去賣。正吉是採蜂蜜的名人。」

「為什麼小熊正吉有桶子呢？」沙羅問。

淳平說明。「碰巧他有。他撿到一個掉在路上的桶子。他想也許有一天能用上就留下來了。」

「結果真的用上了。」

「就是啊。小熊正吉到鎮上去，在廣場上找到自己的地方。並立了一個牌子，寫著『美味自然的蜂蜜。一大杯二百圓』開始賣起蜂蜜。」

「小熊會寫字嗎？」

「不。小熊不會寫字。」淳平說。「他拜託附近的叔叔用鉛筆幫他這樣寫。」

「他會算錢嗎？」

「會。他會算錢。小熊正吉從小就被人類飼養，他學會了說話，學會了算錢之類的。他本來天性就很靈巧。」

「那麼他跟一般的熊不太一樣嗎？」

「嗯，他跟一般的熊不太一樣。正吉是相當特別的熊。所以他身邊不特別的熊，對他有點排斥？」

「有點排斥是什麼意思？」

「有點排斥就是說『什麼嘛？這傢伙，裝模作樣的有什麼了不起？』大家都『哼』一聲，不理他。跟他不能好好相處。尤其是脾氣暴躁的東吉最討厭正吉。」

「正吉好可憐哪。」

「是很可憐。可是因為正吉外表是熊，所以人類也覺得『就算他會計算，會說人話，畢竟還是熊啊。』所以兩邊的世界都不太接受他。」

「那就更可憐了。正吉沒有朋友嗎？」

「沒有朋友。因為熊沒有上學，所以沒地方可以交上好朋友。」

「我有幼稚園的朋友噢。」

「沙羅當然有。」淳平說。「沙羅當然有朋友。」

「淳叔有朋友嗎？」因為叫淳平叔叔太長，所以沙羅就簡單地叫他淳叔。

「沙羅的爸爸，從很久以前就是我最好的朋友。還有妳媽媽也一樣是我最好的朋友。」

「有朋友真好。」

「就是啊。」淳平說。「有朋友真好。妳說的很對。」

淳平在沙羅睡覺前，經常說一些當場編出來的故事給她聽。沙羅中間有聽不懂的地方，每次就會提出來問。淳平總是一一詳細回答。問題相當尖銳而有趣，往往在思考答案之間又想到故事的延續。

小夜子把溫熱的牛奶送來。

「我們在講小熊正吉的故事噢。」沙羅告訴母親。「小熊正吉是採蜂蜜的名人，可是卻沒有朋友。」

「哦？正吉是很大的熊嗎？」小夜子問沙羅。

沙羅不安地看著淳平的臉。「正吉很大嗎？」

「不太大。」淳平說。「算起來，個子屬於小型的。跟沙羅差不多。個性也溫和。音樂不聽龐克和硬搖滾之類的。他只一個人聽著舒伯特。」

小夜子哼著〈鱒魚〉的旋律。

「你說聽音樂，正吉有CD Player嗎？」沙羅問淳平。

「他不知道在什麼地方發現一個收錄音機，就撿起來帶回家去。」

「山上怎麼那麼好有那麼多東西掉在地上呢？」沙羅以懷疑的聲音問。

「因為那是很危險的山，登山的人都爬得搖搖晃晃的，紛紛把身上多餘的包袱丟在路上。『啊不行，太重了，重死了。桶子不要了，收錄音機不要了。』就這樣。所以很多有用的東西大多都掉在路上。」

「媽媽也可以了解這種心情。」小夜子說。「有時候真想把一切的一切都丟掉。」

「沙羅就不會。」

「因為你很貪心。」小夜子說。

「不是貪心啦。」沙羅抗議。

「那是因為沙羅還年輕，元氣十足的關係。」淳平改用更穩當的方式表達。

「不過快點把牛奶喝掉吧。喝完才繼續講小熊正吉的故事給妳聽。」

「好嘛。」沙羅說。於是雙手捧起杯子，珍惜地喝著熱牛奶。「可是正吉為什麼不做蜂蜜派賣呢？我想光賣蜂蜜，不如賣蜂蜜派，更受鎮上的人歡迎吧。」

「妳的意見很正確。利潤也比較高。」小夜子微笑說。

「以附加價值來開發市場。這孩子以後可以當創業家。」淳平說。

沙羅回到床上，再度睡著是在半夜的兩點前。淳平和小夜子確定小孩睡著後在廚房的餐桌面對面坐下，各分一半罐裝啤酒喝著。小夜子不太會喝酒，淳平則還必須開車回代代木上原。

「半夜把你叫出來真抱歉。」小夜子說。「可是我不知道該怎麼辦才好。我很累，慌了手腳，除了你之外想不到有誰能讓沙羅靜下來。也不能打電話給小高。」

淳平點點頭喝一口啤酒，拿起盤子上的餅乾來吃。

「妳不用擔心我。反正我到天亮前都還沒睡，半夜路上也比較空。一點都不麻煩。」

「你剛剛在工作嗎？」

「是啊。」

「在寫小說嗎？」

淳平點點頭。

「順利嗎？」

「跟平常一樣。我在寫短篇。刊登在文藝雜誌。誰也不會看。」

「你寫的東西，我一字不漏的全看了。」

「謝謝。妳很好心。」淳平說。「不過那個歸那個，短篇小說這種形式，就像可憐的計算尺一樣逐漸跟不上時代了。不過這不提也罷。來談談沙羅吧。像今天晚上的同樣情形已經有過幾次了嗎？」

小夜子點點頭。「並不只是幾次那麼簡單。最近幾乎每天呢。一過半夜就會歇斯底里起來。一直不停的發抖。不管怎麼安慰她都哭個不停。真沒辦法。」

「妳知道原因是什麼嗎？」

小夜子喝完剩下的啤酒，一直望著變空的玻璃杯。

「我想大概是看太多神戶地震的新聞報導。那對四歲的女孩子刺激太大了。因為她正好就是在地震發生後開始半夜會醒來。沙羅說有不認識的叔叔來叫醒她。那個人是地震男。那個男人來叫醒沙羅，要把她裝進小盒子裡去。小得實在裝不下人的盒子。然後沙羅不要進去，可是對方卻把她的手拉過去啪啦啪啦地把關節折起來，勉強要把她裝進去。這時候沙羅就大叫著醒過來。」

「地震男？」

「是啊。個子高高瘦瘦的，上年紀的男人。作了這個夢之後，沙羅把滿屋子的燈全打開，到處找。從壁櫥、鞋櫃、床下、甚至衣櫥的抽屜都找遍了。我怎麼說這是夢，她都聽不進去。搜索完一遍，知道那個男人沒有躲在任何地方之後，才好不容易再安心睡覺。到這裡為止就要耗掉兩小時，到那個時候我已經完全清醒過來了。由於慢性睡眠不足而頭昏眼花。工作都不太能做。」

小夜子這樣表達感情是很罕見的。

「盡可能不要看什麼電視新聞了。」淳平說。「最好暫時連電視都不要開。現在任何頻道一打開全都出現地震的畫面。」

「電視已經幾乎沒在看了。不過還是不行。這樣地震男還是會來。也去看過醫師，但醫師只開一點安眠藥之類的安慰安慰我們而已。」

淳平想了一下。

「如果妳不反對的話，下個星期天到動物園去看看怎麼樣？沙羅曾經說過想看一看真正的熊。」

小夜子瞇細了眼睛看淳平的臉。「不錯噢。也許是個轉換心情的好辦法。嗯，好久沒有四個人一起去動物園了。小高那邊由你來聯絡好嗎？」

淳平三十六歲，生在兵庫縣西宮市並在那裡長大。家住夙川安靜的住宅區。父親開鐘錶寶石店，在大阪和神戶各有一家店舖。有一個相差六歲的妹妹。從神戶私立高中畢業後進了早稻田大學。商學院和文學院兩邊都考上，他毫不猶豫地選了文學院，但對雙親則謊報說是進了商學院。因為如果說是文學院父母不可能幫他出學費。淳平不想為了學經濟結構，白白浪費四年時間。他希望學的是文學，說得更明白就是想當小說家。

在教養課程共同科目的班上，他交上兩個好朋友。一個是高槻（小高），另一個就是小夜子。高槻出身長野，高中時代是足球隊的隊長。個子高高的肩膀寬闊。因為重考一年，因此比淳平大一歲。踏實而果斷，長相看起來容易親近，到任何團體去都可以輕易取得領導地位的那一型，但不擅長讀書。到文學院來，是因為沒通過其他學院的考試。「不過沒關係。我想當記者，所以到這裡來學學怎麼寫文章。」他積極樂觀地說。

為什麼高槻會對自己感興趣呢？淳平不太明白原因何在。淳平是只要一有時間就一個人窩在房間，永不厭倦地讀書或聽音樂這一型的，不擅長運動身體。因為認生，所以很難交到朋友。但不知道為什麼，高槻在剛開學的班上一看到淳平時，似乎就決定要跟這傢伙當朋友了。他開口招呼淳平，輕輕拍他肩膀，邀他說要不要一起去吃飯。於是兩個人當天之內，就成了可以交心的好朋友了。用一句話說，就是臭味相投。

高槻在淳平陪伴下，同樣地接近小夜子。輕輕拍拍她肩膀說，要不要三個人一起去吃飯。淳平跟高槻和小夜子就這樣形成小小的親密團體。他們總是三個人行動。互相借看上課筆記，一起到大學餐廳去吃中飯，上課空檔間在咖啡店裡談未來，在同一個地方打工，徹夜看電影，漫無目的地在東京街頭逛，在啤酒館喝啤酒喝到不舒服為止。換句話說就是做了全世界大學一年級學生會做的事。

小夜子生在淺草，父親經營和服飾品店。已經連續經營幾代的老舖，名歌舞伎演員經常愛顧。她有兩個哥哥，一個繼續接掌店務，另一個從事建築設計工作。她則從東洋英和女學院高中部畢業，進了早稻田大學的文學院。打算上英文研究所繼續走研究的路。經常讀書。淳平和小夜子互相交換讀過的書，熱絡討論小說。

她是個擁有美麗頭髮和知性眼睛的女孩。說話坦誠而穩重，本質堅強。表情豐富的嘴角雄辯地述說了這些。她總是穿著輕鬆的休閒服而且不化妝，並不是特別醒目的那一型，但有獨特的幽默感，隨意說個笑話時會有那麼一瞬間浮現出惡作劇般的表情。淳平覺得那表情很美。確信她正是自己所追尋的女性。在遇到小夜子之前，他從來沒有戀愛過。因為是男校畢業的，幾乎沒有機會認識女孩子。

但淳平卻無法對小夜子坦白這種感覺。他怕一旦說出口後，會無法回頭。也許小夜子會離開他到遙不可及的地方去。就算不至於那樣，目前高槻跟自己和小夜子之間已建立的舒服平衡關係，也許會微妙地損傷。暫時還是維持現狀比較好，淳平這樣想。再觀察一陣子吧。

先採取行動的倒是高槻。「突然面對面提出這種事情雖然很為難，不過我喜歡小夜子。沒關係吧？」高槻說。這是九月中的事。暑假裡淳平回關西之間，由於一個偶然的機會兩個人感情忽然加深了，高槻向淳平說明。

淳平注視對方的臉一會兒。花了一點時間才理解過來這是很自然的發展，一旦理解後，這狀況像鉛一般沉重地抓緊他的全身。已經沒有選擇餘地了。「沒關係。」淳平回答。

「太好了。」高槻咧嘴微笑說。「我只擔心你的感覺。好不容易建立起很好的關係，可是我這邊好像先偷跑一樣。不過淳平，這種事遲早會發生的。你要了解。就算現在不發生，總有一天在什麼地方也會發生。不過這個歸這個，我希望我們三個人還像以前一樣是好朋友。好嗎？」

接下來的幾天，淳平心情像走在雲端一樣地度過。他沒去上課，打工也無故缺席。他整天躺在六疊榻榻米一間的公寓房間裡，除了冰箱裡剩下的一點東西之外什麼也沒吃，偶爾像想起來似的喝喝酒。淳平認真地考慮從大學休學。到遙遠的，誰也不認識的地方去，一面從事肉體勞動一面在那裡孤獨地終老一生。覺得那似乎是最適合自己的生活方式。

他沒到學校的第五天，小夜子到淳平的公寓房間來。穿著深藍色毛襯衫白色棉長褲，頭髮在後腦紮起來。

「你怎麼一直沒來學校呢？大家都擔心你是不是死在房間裡了。所以小高叫我來看你。他自己大概不敢看屍體吧。別看他那樣子其實還真膽小。」

身體不太舒服，淳平說。

「這麼說好像瘦多了噢。」小夜子注視著他的臉說。「幫你弄一點吃的東西好嗎？」

淳平搖搖頭。他說沒胃口。

小夜子打開冰箱，探頭看看裡面，皺起眉頭。冰箱裡只有兩罐啤酒和已經死掉的小黃瓜和除臭劑而已。小夜子在淳平旁邊坐下來。「嘿淳平，我說不上來，不過，你是不是因為我跟小高的事覺得不高興？」

沒有不高興，淳平說。不是說謊。他並不是不高興，或生氣。如果他生氣的話，那是對自己。高槻和小夜子變成男女朋友不如說是理所當然的事。非常自然。高槻有這資格，自己則沒有。

「嘿，要不要分喝一罐啤酒？」小夜子說。

「好啊。」

小夜子從冰箱拿出罐裝啤酒來，分別倒入兩個玻璃杯。然後拿一杯給淳平。兩個人各自默默喝著啤酒。

然後小夜子說。「這種事情再提起來有點不好意思，我希望能跟淳平繼續做好朋友。不只是現在，希望年紀更大後，還一直繼續。我雖然喜歡小高，不過在不同的意義上，也需要你。這樣說你會覺得很自私嗎？」

淳平不太清楚，但總之搖了搖頭。

小夜子說。「知道什麼跟把那變成眼睛實際看得到的東西，好像是兩回事。如果兩者都一樣順利的話，活下去或許會比較簡單。」

淳平看看小夜子的側臉。小夜子到底想說什麼，他無法理解。淳平想我為什麼腦袋如此不靈光？他抬頭看天花板，無意義地長久望著上面滲透浸痕的形狀。

如果自己比高槻先向小夜子提出愛的告白的話，事情到底會怎麼發展？淳平無法想像。他只知道一件事，那是怎麼也不可能發生的事實。

他聽到眼淚滴在榻榻米上的聲音。奇怪誇張的聲音。淳平一瞬間，以為自己在不知不覺間哭出來了。但哭的卻是小夜子那邊。她低下臉伏在膝蓋中間，不出聲地抖顫著肩膀。

淳平下意識地伸出手，放在小夜子肩膀上。然後安靜地把她的身體抱近自己。她沒有抵抗。他伸出雙手環抱小夜子的身體，嘴唇湊近嘴唇。她閉上眼睛，輕輕張開嘴。淳平嗅著眼淚的氣味，從唇間吸進她的氣息。胸部感覺到小夜子兩個乳房的柔軟。腦子裡有什麼大為轉換的感觸。也聽得見那聲音。好像全世界的關節都咿呀響起來似的聲音。但只有這樣而已。小夜子似乎回過神來似的低下臉，推開他的身體。

「不行。」小夜子安靜地說，搖搖頭。「這樣不對。」

淳平道歉。小夜子什麼也沒說。兩個人就那樣長久沉默著。聽得見收音機的聲音從開著的窗戶隨風飄進來。正播著流行歌曲。淳平想這首歌大概到死都忘不了。不過實際上，後來怎麼努力都想不起那曲名和旋律。

「你不用道歉。不能怪你。」小夜子說。

「我想我大概有點混亂。」淳平老實說。

小夜子伸出手重疊在淳平手上。

「明天到學校好嗎？我到目前為止沒有像你這樣的朋友，而且你給了我很多東西。你要明白這個噢。」

「可是這樣不夠啊。」淳平說。

「不。」小夜子低下頭，放棄似的說。「不是這樣。」

淳平第二天開始又在班上露面。而且淳平跟高槻和小夜子，一直維持親密的三人關係到大學畢業為止。淳平一時想要就這樣消失無蹤的想法，不可思議地完全消失了。由於在公寓房間裡擁抱小夜子親吻過她之後，他心中的某種東西已經安定在適當的地方。至少已經不必再迷惑了，淳平想。已經有了決斷。就算這決斷是由別人下的。

小夜子介紹高中時代的同班同學給淳平，也曾四個人一起約會。淳平跟其中的一個開始交往，第一次做愛。在二十歲生日前不久。但他的心總是在某個別的地方。淳平對女朋友總是很有禮貌，溫柔而體貼，但從來沒有熱情洋溢或犧牲奉獻的情懷。淳平熱情洋溢或犧牲奉獻的情懷只有在寫小說時才有。女朋友終於離開他到別的地方去尋找真正的溫暖。同樣的情況重複了幾次。

大學畢業後，他上的不是商學院而是文學院的真相終於敗露，淳平跟父母親的感情變得非常險惡。父親要求他回關西繼承家業，但淳平沒有這個打算。他說想繼續留在東京寫小說。兩者之間沒有轉圜餘地，結果落得大吵起來。他說溜了幾句不該說出口的話。從此以後就沒有再見過面。雖說是親子關係，但一開始就不可能處得好，淳平想。他跟妹妹不同，妹妹總是配合雙親，淳平則從小總愛衝撞父母。恩斷義絕了嗎？淳平苦笑。簡直像大正時代的文人。

淳平沒有就業，他一面打工糊口一面寫小說。當時的淳平一寫完作品首先就會拿給小夜子看，聽她坦率的感想。然後根據她的建議改稿。一直到她說「這樣好了」為止，他會很有耐心地仔細改寫好幾次。淳平寫小說既沒有老師也沒有同學。只有小夜子的建議是微弱的引導燈光。

二十四歲時他寫的短篇小說獲得文藝雜誌的新人賞，並獲得芥川賞提名。後來的五年間合計有四次被提名芥川賞的候選者。成績不算壞。但終究未能得獎。以萬年有力候補結束。代表性審查評語是「以這個年齡來說文章的質很高，情景描寫和心理描寫有可看之處，但處處有流於感傷的傾向，缺乏強有力的新鮮感和小說性展望。」

高槻讀過這選評笑了起來。「我覺得這些傢伙的腦袋都是偏的，到底何謂小說性的展望？一般社會人士是不會用這種用語的。比方說今天的壽喜燒缺了牛肉性展望之類的，會這樣說嗎？」

三十歲前淳平出了兩本短篇小說集。第一本是《雨中的馬》，第二本是《葡萄》。《雨中的馬》賣了一萬本，《葡萄》賣了一萬兩千本。以純文學新人作家的短篇集來說已經算是不錯的數字了，負責的編輯這樣說。報紙、雜誌的書評大體也算善意，卻看不到特別熱烈的支持。

淳平所寫的短篇小說，主要處理年輕男女之間沒有結果的戀愛經過。結局總是黯淡的，有幾分感傷。大家都說，寫得好。但確實偏離文學的流行。他的風格是抒情的，情節有點古風。同年代的一般讀者追求的是更強烈的嶄新文體和故事。畢竟這是電腦遊戲和饒舌音樂的時代。編輯建議他要不要試寫長篇小說。光是一直繼續寫短篇小說，總會落入相似題材的重複，小說世界也隨著逐漸貧乏下去。這時候藉著寫長篇小說，往往可以展開新的世界。從現實面來說，長篇小說也比短篇小說容易引起世間耳目的注意，如果想當一個職業作家長久寫下去的話，專門寫短篇或許吃力一點。要光靠寫短篇小說生活下去並不簡單。

但淳平是天生的短篇作家。他可以窩在房間裡，把其他一切雜事拋開，在孤獨中屏息三天完成第一次初稿。接下來花四天修好完成原稿。當然接著請小夜子和編輯讀，加上好幾次的瑣細作業。但基本上，短篇小說在第一週是勝負關鍵。重要東西都在這時增減，決定了。這種工作方式很適合他的個性。在短時間內徹底集中精神。濃縮的印象和語言。但要寫長篇小說時淳平總會覺得困惑。幾個月之間，或將近一年，到底如何持續集中精神，又如何駕馭呢？他無法掌握那步調。

他試寫過幾次長篇小說，每次總是毫不容情地敗退下來，淳平放棄了。不管喜不喜歡，他想自己只能以一個短篇小說作家活下去。那才是自己的風格。不管怎麼努力都不可能變成別人。就像巧妙的二壘手不能成為全壘打王一樣。

淳平因為過著簡樸的單身生活，因此不需要很多生活費。確保了日常用度的收入後，就不再多接工作。他養一隻沉默的三毛貓。交一交要求不多的女朋友，這樣還覺得錢不夠用時，就找個機會分手。偶爾，一個月一次左右，會在奇怪的時間醒來，心情很不安。有一種真實感，不管怎麼掙扎，我終究哪裡也去不成。那時就會面對書桌勉強工作，或喝酒喝到爛醉不起為止。除此之外，算是個平靜而沒有破綻的人生。

高槻依照希望進了一流的報社就業。因為沒讀書大學成績無可誇獎，但面試印象卻壓倒性的好。所以轉瞬間就被錄取了。小夜子也如願地進了研究所。畢業後半年兩個人結婚。相當像高槻作風的開朗熱鬧婚禮，蜜月旅行到法國。真可以說是一帆風順。他們在高圓寺買了一戶兩房的大廈住宅，淳平每週去那裡玩兩三次，一起吃晚飯。新婚夫婦衷心歡迎淳平的來訪。兩個人獨處時，甚至不如淳平加進來時顯得輕鬆。

高槻對新聞記者的工作樂在其中。他首先被分派到社會部門，從一個現場跑到另一個現場。在那之間目擊了許多屍體。因此現在看到屍體已經沒什麼感覺了，他說。有被壓得四分五裂的屍體，有被燒得焦黑的屍體，有已經腐敗變色的陳舊屍體。有泡水膨脹的溺死屍體，有被散彈槍擊中而腦漿四溢的屍體，有被鋸子切斷頭和雙手的屍體。「活著的時候多少還有差別，死了以後都一樣。只是被用完丟棄的肉體空殼而已。」

常常因為太忙，要到早晨才回到家。這時小夜子往往會打電話給淳平。小夜子知道，淳平總是到天亮前還沒睡覺。

「你現在在工作嗎？可以說話嗎？」

「可以呀。也沒做什麼特別的工作。」淳平總是這樣回答。

兩個人談談最近讀的書，談彼此日常生活所發生的事。然後談以前的事。每個人都那麼自由放任而一切都那麼偶發的年輕時代的事。幾乎不談未來。談著這些時，在某個時間點上，擁抱小夜子時的記憶總會回來。嘴唇的光滑感觸，眼淚的氣味，乳房的柔軟，就像剛剛才發生的一樣圍繞在他身邊。眼前可以再次看到照進公寓榻榻米上初秋透明的陽光。

三十歲過不久小夜子懷孕了。她當時在大學當助教，但請了假生下女孩子。三個人分別想了小孩的名字，淳平所提案的「沙羅」這名字被採用。發音好美呀，小夜子說。順利生產完那天晚上，淳平和高槻在小夜子不在的家裡，好久沒有這樣對飲。他們隔著廚房餐桌，把淳平帶來賀喜的一整瓶單一純麥威士忌喝光。

「時間怎麼過得這麼快噢？」高槻難得這麼深深感慨地說。「覺得好像不久以前才剛進大學的。在那裡遇到你，遇到小夜子……可是一轉眼，連孩子都有了。我已經當父親了。好像在看快轉電影一樣，心情好奇怪。可是你大概無法了解。你好像還在繼續過學生生活一樣，真叫人羨慕！」

「也沒什麼好羨慕。」

不過淳平了解高槻的心情。小夜子當母親了。這對淳平是個衝擊。人生的齒輪發出乾乾的殊嘎一聲往前進了一步，確實證明已經再也回不到原來的地方了。對這該懷有什麼樣的感慨才好，淳平還不太清楚。

「因為現在我才說，我想小夜子其實本來對你比對我有興趣的。」高槻說。他相當醉了。但眼光比任何時候都認真。

「怎麼可能。」淳平笑著說。

「不是不可能。我知道。可是你不知道。你確實會寫動人心弦的美麗文章。可是對女人的心情，卻比溺死屍體更遲鈍。不管怎麼樣我是喜歡小夜子的，也沒有任何女孩子可以代替她。所以我不可能不要她。現在我還是覺得小夜子是全世界最棒的女人。而且我認為我有權利得到小夜子。」

「誰都沒有反對呀。」淳平說。

高槻點點頭。「可是，你還是真的沒搞清楚。為什麼嗎？因為你是個無可救藥的呆子。不過呆子也沒關係。你不是多壞的人。再說，你已經當我們女兒的命名父親了。」

「可是，那個歸那個，對重要的事卻一無所知。」

「沒錯。那個歸那個，你對重要事情真是一無所知。一點都不知道。這樣居然還能寫小說。」

「小說一定是另外一回事吧。」

「不管怎麼樣，這樣一來我們就變成四個人了。」高槻似乎輕輕嘆了一口氣。「不過誰知道。說到四個人，到底是不是正確的數字呢？」

2

知道高槻和小夜子的關係面臨破裂結局，是在沙羅快要迎接兩歲生日的前幾天。小夜子對淳平有幾分過意不去地坦白說。其實從小夜子懷孕的時期開始，高槻已經有外遇了，現在幾乎沒回家。對方是同一個辦公室的女同事。但不管她怎麼具體說明，淳平還是不太能接受。為什麼高槻非要在外面搞個女人呢？沙羅出生那一夜，他還斷言小夜子是全世界最棒的女人。那是肺腑之言。而且高槻也很溺愛女兒沙羅。為什麼非要拋棄家庭不可呢？

「我常常到你們家一起吃飯。對嗎？可是我從來沒感覺到這種跡象。看起來很幸福的樣子，在我眼裡看來幾乎是完美的家庭。」

「那倒也沒錯。」小夜子安穩地微笑著說。「我們並沒有說謊或裝假之類的，不是這樣。但另一方面他有女朋友，而且無法回頭了。所以我們想分開。不過你也不要想得太深。我想這樣一定會順利的。從各種意義上說。」

從各種意義上說，她說。世界充滿了難解的用語，淳平想。

幾個月後，小夜子和高槻正式離婚。兩個人之間雖然約定好幾個具體決定，但完全沒有爭執。沒有互相責備，也沒有相背的主張。高槻搬出去跟女朋友一起住，沙羅留在母親身邊。一星期一次，高槻到高圓寺去見沙羅。那時候儘可能由淳平陪同，這已成為三個人之間的了解事項。因為這樣我們也覺得比較輕鬆，小夜子對淳平說。因為這樣比較輕鬆？淳平覺得自己好像老了很多似的。我才剛滿三十三歲呢。

沙羅叫高槻「爸爸」，叫淳平「淳叔」。四個人組成奇怪的疑似家庭。一碰面時高槻總是那一副老樣子開開心心地講很多話，小夜子也若無其事地舉止自然。在淳平眼裡看來，她的舉止動作甚至顯得比以前更自然。沙羅對父母親離婚的事還不懂。淳平也沒什麼話可說，盡量扮演好被賦予的角色。三個人像以前一樣互相開著玩笑，談談以往的事。淳平可以理解的是，這種場合對他們全體來說都是不可缺少的這個事實而已。

「嘿，淳平。」在回家的路上高槻說。一月的夜晚，吐氣都變白了。

「你有沒有打算跟誰結婚？」

「現在還沒有。」淳平說。

「有沒有固定的女朋友？」

「我想沒有。」

「怎麼樣？你不喜歡跟小夜子在一起嗎？」

淳平以像看什麼炫眼東西似的眼光看高槻的臉。「為什麼？」

「為什麼？」反而是他很驚訝似的。「什麼為什麼？這不是很自然的嗎？首先第一點，除了你之外我不希望任何人來當沙羅的父親。」

「只為了這一點，我就該跟小夜子結婚嗎？」

高槻嘆一口氣，粗壯的手臂繞到淳平肩上。

「你不喜歡跟小夜子結婚嗎？接在我後面不樂意？」

「不是這樣。我在意的是，這樣像什麼交易一樣的胡搞可以嗎？這是準則的問題。」

「這不是什麼交易。」高槻說。「跟準則也沒關係。你喜歡小夜子對嗎？還有你也喜歡沙羅，不是嗎？這不是最重要的事嗎？或許你有你那麻煩的規矩流儀之類的。這個我知道。在我眼裡看來，雖然那只不過像穿著長褲要脫內褲一樣。」

淳平什麼也沒說。高槻也沉默著。高槻這樣長久沉默是很稀奇的。兩個人吐著白氣，並肩走在往車站的路上。

「不管怎麼樣，你都是沒用的呆子。」淳平最後說。

「你說得沒錯。」高槻說。「真的就是這樣。我不否認。我破壞了自己的人生。不過，淳平，這是沒辦法的。阻止不了的。為什麼會發生那樣的事，我也不知道。也無法坦白告訴你。可是就是發生了。就算不是現在，也許有一天終究還是會發生同樣的事。」

以前好像也聽過同樣的話啊，淳平想。「你說小夜子是全世界最棒的女人，在沙羅出生的那天晚上，你明明白白對我說過的，還記得嗎？你說她是無可替代的女人。」

「這個現在還是一樣。我想關於這個並沒有任何改變。只是，世界上也有正因為這樣所以處不好的情況。」

「你這樣說我也聽不懂。」

「你永遠不會懂的。」高槻說。並搖搖頭。對話的最後一句總是由他說的。

兩個人離婚後兩年過去了。小夜子沒有回到大學。淳平拜託認識的編輯，轉一些翻譯的稿子給小夜子做，她做得很得心應手。她不但有語文才華，而且文章通暢。工作迅速、仔細、很有要領。編輯很佩服小夜子的工作表現，第二個月就把整批文藝翻譯的工作交過來了。雖然稿費不高，但加上高槻每個月寄來的生活費，母女兩個人可以過著無缺的生活。

高槻跟小夜子和淳平依然每星期見一次面，加上沙羅一起吃飯。有時候高槻有急事不能來，那樣的時候小夜子和淳平跟沙羅就三個人吃飯。高槻不在時飯桌會突然安靜下來，那已逐漸化為再日常不過到不可思議的境界。如果有不認識的人在的話，一定會以為他們真的是一家人。淳平踏實而確實地繼續寫著短篇小說，三十五歲時出版第四篇短篇集《沉默的月》，得到中堅作家的文學賞。標題作改編成電影。在小說之間他也有幾本音樂評論集付梓，寫了景觀設計的書，翻譯了約翰・歐普戴克（John Updike）的短篇集。每一本都獲得好評。他擁有自己的文體，可以把音樂的深邃聲響和光的微妙色調，轉換成簡潔而有說服力的文章。讀者固定，收入也相對安定，他逐漸確實打穩當一個作家的基礎了。

淳平一直很認真地考慮，向小夜子求婚的事。有幾次考慮一整個晚上，到早晨還睡不著覺。有一段時期工作幾乎停頓。雖然如此，淳平還是下不了決心。試想一想淳平跟小夜子的關係，從一開頭就一直那樣，經由別人的手被決定。他經常站在被動的立場。把小夜子和他拉近的是高槻。高槻在班上挑出他們兩個人，形成三人一組。然後高槻搶走小夜子，結婚、生子、離婚。而現在，卻勸淳平跟小夜子結婚。當然淳平愛小夜子。沒有懷疑的餘地。現在是跟她結合的絕佳機會。小夜子大概也不會拒絕他的要求。這個他也很清楚。可是一切都未免太好了，淳平想。不得不這樣想。到底有什麼是他自己決定的事項呢？他繼續迷惑。得不到結論。然後地震來了。

地震發生時，淳平人在西班牙。他受委託為航空公司飛機內的雜誌寫稿，到巴塞隆納去採訪。傍晚回到飯店打開電視看新聞報導時，畫面映出市區倒塌的房屋和冒著的黑煙。簡直像轟炸後的廢墟。因為用西班牙語播報，所以淳平一時不知道那是什麼地方的都市。但怎麼看都是神戶。他目睹幾個熟悉地方的風景。蘆屋附近高速公路倒塌了。「淳平先生您不是神戶一帶出身的嗎？」同行的攝影師說。

「是啊。」

但他沒有打電話回老家。由於雙親和淳平之間的爭執實在持續太深、太久，已經看不出可以復原的可能性了。淳平搭飛機回到東京，就那樣回到日常生活。既沒有開電視，也很少攤開報紙來看。有人一提到地震的話題，他就閉上嘴。那是已經埋葬在遙遠從前的逝去聲響。自從大學畢業後他甚至再沒踏進過那塊土地。雖然如此，畫面上所映出的荒廢風景，依然將他深藏內心的傷口活生生地暴露出來。那巨大的致命災害，似乎已經靜靜地，從腳底下將他生活的樣貌整個改變了。淳平感到前所未有的深刻孤絕。我沒有所謂的根哪，他想。跟任何地方都沒有聯繫。

約好要去動物園看熊的那個星期天早晨，高槻打電話來。說他現在必須飛到沖繩去。他跟縣知事的單獨採訪敲定了。好不容易才排出一小時給我。很抱歉動物園就你們去吧，不用等我。我不去，我想熊老爺也不會生氣的。

淳平和小夜子帶著沙羅三個人到上野動物園去。淳平抱起沙羅，讓她看那些熊。「那一隻是正吉嗎？」沙羅指著最大的黑漆漆的赤熊問道。

「不，那隻不是正吉。正吉的個子比較小，長相比較聰明。那隻是粗魯的東吉。」

「東吉！」沙羅對著熊叫了幾聲。但熊都沒理她。沙羅轉向淳平。

「淳叔，你講東吉的故事給我聽嘛。」

「傷腦筋。老實說，東吉沒有什麼有趣故事啊。東吉只是普普通通的熊，因為他跟正吉不一樣，不會說話，也不會算錢。」

「可是他至少應該也有一個什麼優點吧？」

「這確實是。」淳平說。「妳說得很對。任何平平凡凡的熊也至少有一個優點。對了對了，我忘了。這個東其呀……」

「是東吉吧？」沙羅靈敏地指出錯誤。

「對不起。這東吉呀，只有最會抓鮭魚。他會躲在河裡的岩石後面，啪一下就抓到一隻鮭魚。必須身手非常矯捷，不然就抓不到。東吉雖然頭腦不太好，可是他比住在那個山頭的任何熊抓的鮭魚都更多。他抓到多得吃不完的鮭魚。可是因為他不會說人話，所以也沒辦法拿多出來的鮭魚到鎮上去賣。」

「很簡單哪。」沙羅說。「那他可以把多的鮭魚跟正吉的蜂蜜交換哪。正吉不是也有吃不完的蜂蜜嗎？」

「是啊。沒錯。東吉也跟沙羅一樣想到完全相同的事。他們兩個就開始交換鮭魚和蜂蜜，然後兩個人就變成好朋友了。互相認識之後，東吉知道正吉並不是令人討厭的做作傢伙。正吉也發現東吉並不只是個粗魯的人。就這樣兩個人變成了好朋友。兩個人一碰面就談很多話。互相交換知識，互相開玩笑。東吉拚命抓鮭魚，正吉拚命採蜂蜜。可是有一天，一陣青天霹靂，鮭魚從河裡消失了。」

「青天什麼……」

「青天霹靂。就是指突然間災難來臨的意思。」小夜子說明。

「突然間鮭魚不見了。」沙羅臉色黯淡。「為什麼呢？」

「因為全世界的鮭魚都集合起來商量，說那條河有一個很會抓鮭魚的大熊東吉，所以我們決定以後都不要再到那條河去了。從此以後，東吉一條鮭魚也抓不到。好不容易能勉強抓到一隻瘦巴巴的青蛙吃就不錯了。可是世上沒有比瘦巴巴的青蛙更難吃的東西。」

「好可憐的東吉。」沙羅說。

「所以東吉才被送到動物園裡來嗎？」小夜子問。

「到這裡還說來話長呢。」淳平說。然後乾咳一聲。「不過基本上就是這麼回事。」

「東吉這麼傷腦筋，正吉沒有幫東吉嗎？」沙羅問。

「正吉是要幫忙東吉呀。當然。因為他們是好朋友嘛。好朋友就是要互相幫忙的。正吉不求回報地分蜂蜜給東吉。東吉說：『實在是不可以這樣的。這樣一來就變成我都靠著你的好意了』。正吉說：『你不要這麼見外，如果我們立場反過來，我想你也會這樣做的。不是嗎？』」

「就是嘛。」沙羅猛點頭。

「可是這種關係並沒有維持多久。」小夜子插嘴說。

「這種關係並沒有維持多久。」淳平說。「東吉說：『我跟你應該是朋友。不能只是單方面付出，另一方面一直在接受，這不是真正的朋友之道。我要下山去，正吉。到一個新的地方重新開始考驗自己看看。我們要是以後還能再見，就再當一次朋友吧。』於是兩個人握握手就告別了。但下山時，涉世未深的東吉卻被獵人設下的陷阱所捕。東吉失去了自由，被送到動物園來。」

「好可憐的東吉。」

「沒有比較好的辦法嗎？比方說大家都過得很幸福的方法。」小夜子後來問道。

「我現在還沒想到。」淳平說。

那個星期天的晚餐，三個人跟平常一樣在小夜子高圓寺的大廈住宅裡吃。小夜子一面哼著〈鱒魚〉的旋律一面燙通心粉，把蕃茄醬解凍，淳平做了扁豆和洋蔥沙拉。兩個人開了紅葡萄酒各喝了一杯，沙羅喝橘子汁。收拾整理完餐具，淳平又再讀故事書給沙羅聽。讀完後已經是沙羅該上床的時間了。但她拒絕去睡覺。

「媽媽，妳表演脫內衣嘛。」沙羅對小夜子說。

小夜子臉紅起來。「不行。在客人面前不可以這樣。」

「好奇怪。淳叔不是客人哪。」

「妳們在說什麼？」淳平問。

「無聊遊戲嘛。」小夜子說。

「外衣還穿著只把內衣脫下，放在桌上，然後又穿上。一隻手必須一直放在桌上。然後算時間。媽媽非常會喲。」

「真是的。」小夜子搖搖頭說。「這是家裡的私密遊戲。這種事拿出來在人家面前講很傷腦筋哪。」

「不過好像很有趣的樣子。」淳平說。

「拜託妳，讓淳叔也看看嘛。一次就好啦。表演完，沙羅就馬上去睡覺。」

「真沒辦法。」小夜子說。她脫下數位電子錶交給沙羅。「真的要好好去睡覺噢。好，我說預備開始，妳就算時間。」

小夜子穿著寬大的黑色圓領毛衣。她雙手放在桌上。說「預備開始」。首先右手像烏龜般滑溜溜地縮進毛衣的袖子裡，接著好像輕輕抓背似的。然後伸出右手，這次換左手縮進袖子裡。輕輕轉動脖子，左手從袖子伸出來。手上拿著白色胸罩。非常迅速。沒有鋼絲的小胸罩。立刻又把那拉進袖子裡，左手伸出袖子，這次換右手伸進袖子裡，在背後摸索一下，右手伸出來，一切結束。雙手重疊放回桌上。

「二十五秒。」沙羅說。「媽媽，好棒的新紀錄啊。以前最快是三十六秒噢。」

淳平拍著手。「好棒。簡直像變魔術。」

沙羅也拍手。小夜子站起來說。「好了，表演時間結束。妳要照約定去睡覺了。」

沙羅睡前親親淳平的臉頰。

看著沙羅發出睡著的鼻息後，回到客廳沙發坐下，小夜子坦白告訴淳平。「老實說，我作弊了。」

「作弊？」

「我沒把胸罩穿回去。只假裝穿上，其實從毛衣下襬丟在地上。」

淳平笑了。「真過分的媽媽。」

「因為我想刷新紀錄啊。」小夜子眯細眼睛笑了。好久沒看到她露出這麼自然的笑臉了。像窗邊的簾子隨風輕飄一樣，淳平心中時間的軸也在搖動。淳平伸手摟著小夜子的肩膀。她握住他那手。然後兩人在沙發上擁抱。非常自然地伸手抱緊彼此的身體，互相親吻。覺得從十九歲到現在好像一切都沒有變。小夜子的嘴唇還是同樣香甜。

「我們一開始就應該這樣的。」移到床上後，小夜子小聲這樣說。「可是只有你不明白。你什麼都不懂。一直到鮭魚從河裡消失。」

兩個人赤裸著，靜靜地互相擁抱。像有生以來第一次做愛的少男少女一般，笨拙地觸摸著對方身體的每個部分。花很長時間互相確認後，淳平終於進入小夜子裡面。她好像在誘導他似的接受他。但淳平不覺得那是現實裡發生的事。好像在淡淡的燈光下，走過一道長長的無止盡的無人橋似的。淳平一動身體，小夜子便配合他。好幾次想射精，但淳平都忍住。深怕一旦射完精，就會從夢中醒來一切全都消失無蹤。

這時，背後傳來輕輕的咿呀聲。臥室的門悄悄被打開的聲音。走廊的燈光透過開著的門的形狀，射進凌亂的床罩上。淳平抬起身體轉向後面，沙羅正背著光站著。小夜子吸一口氣，腰往後退讓淳平的陰莖拔出去。並把床罩拉到胸前，用手攏一攏前髮。

沙羅沒有哭，也沒有叫。只是站在那裡，右手緊緊握著門把，看著兩個人這邊。但實際上什麼也沒看。她的眼睛只是望著某個空白的地方而已。

「沙羅。」小夜子出聲叫她。

「叔叔叫我到這裡來。」沙羅說。像從睡夢中被揪出來的人似的，沒有抑揚的聲音。

「叔叔？」小夜子說。

「地震叔叔。」沙羅說。「地震叔叔來，把沙羅搖醒，叫我告訴媽媽。他說他為大家打開盒蓋等我們，他說只要這樣說媽媽就懂了。」

那一夜，沙羅在小夜子床上睡。淳平拿著毯子到客廳的沙發躺下。但睡不著。沙發對面有電視機。他長久盯著那電視的死畫面。那後面有他們。淳平知道。他們正打開盒蓋等著。背脊一帶忽然感到一陣惡寒，時間經過依然不退。

他放棄睡覺走到廚房，泡了咖啡。坐在桌前喝著時，發現腳下好像有什麼軟綿綿的東西掉在下面。原來是小夜子的胸罩。玩遊戲時掉的。他把那撿起來，披在椅背上。沒有裝飾的簡單的，失去知覺的白色內衣。不太大的尺寸。掛在黎明前廚房椅子上時，那看來就像從遙遠的過去時刻迷失混進來的匿名證言者一般。

他想起剛剛上大學時的事。耳邊聽見在班上第一次碰面時高槻的聲音。「嘿，要不要一起去吃飯。」溫暖的聲音這樣說。臉上露出〈嘿，世界會越來越好〉似的，熟悉而和藹可親的笑臉。當時我們到什麼地方吃了什麼呢？淳平想不起來。只能確定是不怎麼樣的東西。

「為什麼要邀我去吃飯？」淳平當時這樣問。高槻微笑了，用食指指一指自己的太陽穴充滿自信地繼續說。「我任何時候在任何地方都有找出正確朋友的本事。」

高槻說得沒錯。把咖啡杯放在前面，淳平這樣想。他確實有找對朋友的本事。不過只有這樣還不夠。在人生這漫長的旅程中要繼續愛某一個人，跟找到一個好朋友是兩回事。他閉上眼睛，回想從自己心中通過的漫長時間，他不願意想成是沒有意義的消耗。

等天亮了小夜子醒來後，立刻向她求婚。淳平這樣決意。不再猶豫了。再也不能浪費一刻時間。淳平不發出聲音地打開臥室的房門，望著棉被裡熟睡的小夜子和沙羅的樣子。沙羅背對著小夜子睡，小夜子手輕輕放在她肩上。淳平伸手摸摸小夜子披在枕頭上的頭髮，然後指尖輕輕觸摸沙羅粉紅色的小臉蛋。兩個人都動也不動一下。他在床邊鋪著地毯的地上坐下來，靠著牆，守著不睡。

淳平一面望著牆上掛著的鐘，一面想說給沙羅聽的故事該怎麼接下去。正吉和東吉的故事。首先必須為這故事找到出口。東吉不該無所作為在動物園就此一生。必須要有個救贖。淳平重新回想故事的來龍去脈。不久他腦子裡浮現模糊的想法，這創意之芽逐漸具體成形。

「東吉想到可以用正吉所採的蜂蜜去烤成蜂蜜派。稍微練習之後，發現東吉有本事烤出香香酥酥的蜂蜜派。正吉把那蜂蜜派帶到鎮上去賣給很多人。大家很喜歡蜂蜜派，一下就大暢銷。因此東吉和正吉就不必分開，可以一起住在山上幸福地繼續做好朋友。」

沙羅一定會很喜歡這個新結局。小夜子也會喜歡。

以後開始來寫不一樣的小說吧，淳平想。黑夜過去，天色亮起來，相愛的人在那光明中緊緊擁抱，就像有人一直夢想期待已久的，那樣的小說。不過現在暫且必須在這裡，守護這兩個女人。不管對手是誰，都不可能任由他裝進莫名其妙的盒子裡去。就算天塌下來，大地轟然裂開也一樣。

神的孩子都在跳舞（二版）

作　者—村上春樹
譯　者—賴明珠
編　輯—黃煜智
協力編輯—黃毓婷
校　對—陳劭頤
企　劃—張燕宜
封面設計—朱疋
內頁排版—綠貝殼資訊有限公司

董 事 長—趙政岷
出 版 者—時報文化出版企業股份有限公司
108019 台北市和平西路三段二四〇號七樓
發行專線—（〇二）二三〇六六八四二
讀者服務專線—〇八〇〇二三一七〇五
（〇二）二三〇四七一〇三
讀者服務傳真—（〇二）二三〇四六八五八
郵撥—一九三四四七二四時報文化出版公司
信箱—一〇八九九臺北華江橋郵局第九九信箱

時報悅讀網—http://www.readingtimes.com.tw
思潮線臉書—https://www.facebook.com/trendage
法律顧問—理律法律事務所　陳長文律師、李念祖律師
印　刷—家佑印刷有限公司
初版一刷—二〇〇八年八月一日
二版一刷—二〇一八年十一月三十日
二版五刷—二〇二三年十二月二十一日
定　價—新台幣二八〇元

時報文化出版公司成立於一九七五年，
並於一九九九年股票上櫃公開發行，於二〇〇八年脫離中時集團非屬旺中，
以「尊重智慧與創意的文化事業」為信念。

神的孩子都在跳舞／村上春樹著；賴明珠譯 .-- 二版
.-- 臺北市：時報文化，2018.12
面；　公分
譯自：神の子どもたちはみな踊る

ISBN 978-957-13-7597-7（平裝）

861.57　　107018246

ISBN 978-957-13-7597-7
Printed in Taiwan